在尘寰

悬崖边上

经典文库编委会 ◎ 编

河海大学出版社
·南京·

图书在版编目（CIP）数据

在尘寰．悬崖边上 / 经典文库编委会编 . -- 南京：河海大学出版社，2019.10
（二十一世纪中国作家经典文库）
ISBN 978-7-5630-5956-0

Ⅰ. ①在… Ⅱ. ①经… Ⅲ. ①散文集－中国－当代 Ⅳ. ① I267

中国版本图书馆 CIP 数据核字（2019）第 085929 号

丛 书 名 /	二十一世纪中国作家经典文库
书　　名 /	在尘寰——悬崖边上
书　　号 /	ISBN 978-7-5630-5956-0
责任编辑 /	毛积孝
特约编辑 /	李　路　韩玉龙
特约校对 /	李　苹
封面设计 /	仙　境
版式设计 /	刘昌凤
出版发行 /	河海大学出版社
地　　址 /	南京市西康路 1 号（邮编：210098）
电　　话 /	（025）83722833（营销部）
	（025）83737852（综合部）
经　　销 /	全国新华书店
印　　刷 /	三河市元兴印务有限公司
开　　本 /	880 毫米 ×1230 毫米　1/32
印　　张 /	6.75
字　　数 /	106 千字
版　　次 /	2019 年 10 月第 1 版
印　　次 /	2019 年 10 月第 1 次印刷
定　　价 /	59.80 元

目录
Contents

贫穷是个大问题	001
绝不食言	016
「仇人」逼我当领导	027
最后的秘密	038
张东交了狗屎运	048
我要跳槽	059
真实体验	064
「富二代」的致富路	073
今天咱吃啥	083
少说了一句话	099

- 打工仔的周末喜剧　105
- 二十米的距离　133
- 二十年前的招聘　138
- 好好活着　143
- 『穿山镜』传奇　150
- 假唱有理　159
- 乖乖女找了个金龟婿　164
- 设个套子让你钻　173
- 一张小竹凳　182
- 一瓶荷叶粉　186

撬折耳根	191
荷花开，不下田	195
马蜂窝	200
免费艺术照	205

贫穷是个大问题

晏瑜

"鸿图实业公司"老板陈昌兴的儿子陈志峰，近来不知哪根神经搭错了，竟然放着好好的都市生活不过，用了半天时间，软磨硬缠，终于征得父亲的同意，要背上一笔资金，到他们的老家——马鞍镇双柳树村，那个巴掌大的小山沟里去创业了。

要说这件事，还得从一年前说起。

陈志峰硕士研究生毕业后，到父亲陈昌兴一手创办的"鸿图实业公司"就业。鸿图实业公司，主要是做房地产开发的。

陈志峰上班后，先从基层做起，在各科室熟悉了一段时间的业务流程后便当了一名售楼员。由于他吃苦肯干，四个月后，陈志峰每个月的销售业绩在公司排第二名。

可是，一年后的一天，陈志峰跟在本市某单位工作的一个老乡，回到他们的老家马鞍镇双柳树村去走了一趟，回城后，他就向父亲嚷嚷着说，他过几天回去，要正式对马鞍镇双柳树村进行全面的考察，准备寻找项目，另行创业了。弄得父亲很是惊讶。

老家马鞍镇双柳树村，离他们公司所在的南康市，约有一百五十公里。那是个山区县域内的一个小镇，全镇分布在一条河三条沟组成的版图上。而马鞍镇双柳树村，则是三条沟较短一点的小山沟。整个镇的辖区，就是大山深处山屹崂里一片能看上眼的小天地，只有镇政府所在的明溪村沿河往下的地域，算是有一块平坦的小坝子。全镇共有七个行政村，六七千人口。这样的地方，除了人少外，就是山多、坡多、树多、草多、鸟多，如此封闭贫穷的地方，能考察出什么门道，另行创出什么业来呢？

父亲反对说："你可知道，我们当年为什么要离开双柳树村，而来南康市发展创业吗？就是因为那片土地太闭塞，太没出路了。你要创业，只要在市里瞅准行当，我会全力支持你的。何必要回过头去，跑到那个穷地方，去瞎闯乱折腾呢？"

陈志峰一听，不以为然地说："爸，您这话就不对了。一个地方穷，难道要让它继续穷下去吗？马鞍镇双柳树村这么穷，这么落后，您不觉得脸上无光吗？"

"咦，儿子，你这话是什么意思？马鞍镇双柳树村穷，这与我有什么关系？那儿穷，我有什么不好意思的呢？"陈昌兴有些不高兴了。

陈志峰说："爸，您不要生气。实话跟您说吧。我这次回了一趟老家，我的所见所闻，让我触动很大，不由得产生了想改变那个地方贫穷面貌的想法。"

父亲一怔："嗯？你遇见了什么事，说来听听。"

陈志峰就把原由说了。原来，那天他在村子里走，看到一个十来岁的女孩子，脚穿破布鞋，肩上扛着一捆柴，吃力地向村里拖着走。当时他想，这是我儿时生活过的地方呀！那还是20世纪80年代，可现在都啥时代了，一个女孩子穿这么破烂，还拖着柴。如今，城里这么大的孩子，除了上学，就是进培训班学跳舞、唱歌啥的，这里真跟城里是两重天啊！想不到，这个地方，人们还这么穷！后来，尽管他打听清楚了那个拖着柴的女孩子名叫何丹丹，是个孤儿，父母前几年出车祸死了，靠年迈的爷爷奶奶养活着，所以生活困苦，尽管他赶过去塞给小女孩三百元，可那拖着柴的名叫丹丹的小女孩的身影，老在他脑海里晃动。

第二天，当他们在村子西面的枣树垭"老君庙"那儿转悠的时候，碰到了一对五十多岁的夫妻，两口子一人挑着两只蛇皮袋，里面鼓鼓的，坐在路边歇息。陈志峰问他们挑的啥东西，男人说，挑的是稻谷，要到村委会那里的加工厂去碾米。陈志峰见他们两口子累得满脸汗津津，问他们为啥不用摩托车载上粮食去碾米呢，这样挑着，多费时多累呀。男人说，这路七拐八绕的，车子不好走，而且他不会骑摩托，这样挑担儿也挑习惯了。跟在陈志峰身边陪同他的儿时伙伴，见陈志峰打破砂锅问到底的样子，就扯了一下他的衣襟，小声提示说："你别问了，这个地方就这样，穷啊！好多人家，根本就没有摩托车。"

望着为了赶时间，又匆匆地挑上担儿，向前走去的老夫妻俩的身影，陈志峰心中沉沉的。如今城里处处是汽车，人们连路都不愿多走，出门办事一二里路，动不动就要坐车。可今日一见，方知这山里的乡民，日子过得太苦了！突然，他有了要设法改变这块土地贫穷面貌的想法。他觉得，放在新时代，一个地方穷，不是小事儿，其实，贫穷是个大问题！

说完，陈志峰继续说："爸，虽然马鞍镇双柳树村穷，于我们没有责任。可是，我们有这个能力，而且那个地方是我们的根，虽然爷爷奶奶都不在了，这些年我们基本跟马鞍镇双柳树村没有什么联系了，可是，那里埋着我们的祖先，我们如果把它建设好了，改变了贫穷面貌，我们的祖先也会感到欣慰的。"

父亲听了儿子的话，半天没有吭声，他像是在思考着什么。过了一小会儿，父亲干咳了一声，说："儿子，你说得很对，亏你能想得这么远。说起这些，不是爸没有这种思想境界，而是，这些年，爸在商界摸爬滚打，既不容易，也没有心思和时间思考这些事。"叹了一口气，父亲说，"行，如果你在马鞍镇双柳树村，能考察出什么好项目，有让那儿致富的路子和门道，爸全力支持你。毕竟，我是从马鞍镇走出来的。

跟那片土地，还是有感情的。"

陈志峰没想到爸爸这么快就与他达成了一致，高兴地说："多谢爸的支持。我一定不辜负爸的期望。不过，我这次去是考察项目，是办大事情，您总得多少给我点资金吧？"

"好吧。明天我让财务部给你准备点资金。"父亲说，"给你五六万元，这该行了吧？"

陈志峰说："最少得十五万元。"

"嗯？你去考察个项目，就要这么多？"

"爸，准备充足点好啊！我花不了的，不是有'馍不吃在锅里存着'那句话嘛！"

父亲听他这样说，点头答应了。

次日，陈志峰带上上回去过老家的那个同事，开着车往老家赶去。一到双柳树村，陈志峰就去跟村委会主任联系。他找到村委会主任老魏，打开皮包，把他这一年来的一些积蓄和准备的项目资金加在一起，凑足的二十万元亮了出来。他说："老魏叔，我这次回来，是奉了我爸爸的命令，打算用这笔钱，把咱们村里的泥土路硬化一下。你看，从镇政府到村委会那一段路，虽然去年已经被硬化了，可是，咱村里这四五里路，还是泥土路,而且很窄,只能过拖拉机,这天一下雨,路上全是稀泥,实在没法走。咱村里的人经常在这一段路上活动,咱们自己动手,尽快把它铺成水泥路。"

村主任老魏听到陈志峰这样一说,真是瞌睡人遇上了枕头,一下高兴得不得了,"啪"地一拍膝盖,说了声"好",倒了一杯水递给陈志峰,说:"志峰,你随便坐,我要找人去。"就赶紧向村中间跑,很快找来村里的几个委员,商量了一下,决定立马动手。

村委会的干部们,看到盼了几年的事,终于有了解决的机会,大家马上分头行动。有的赶快上门通知村民,说每家最少出一个劳动力配合村里铺路;有的赶快计算工程量、筹划配料的来源;有的则跑到村里的路上,去察看路况,研究怎样整理路基。

村民们得到村干部的通知,说村里筹到资金要硬化村里的道路,真是喜出望外,赶忙奔走相告,就像是过年时有剧团来村里演戏一样热闹。虽然这几年留在村里的大都是五十岁往上的老年人,可大家的积极性空前的高,这三百多老年人,聚在一起商量一番后,怕事情有变,决定赶快动手,先做基础工作。随即有挑土箕的，有推着小木箱车的，有拿铁铲的，有拿羊镐的，纷纷到村边的小河里去捞砂子、捡石头，积极地准备起材料来。有一些年轻的妇女，则扛起锄头在村会计的指导下，去拓展路基。就连何丹丹和她爷爷，也来捡石头运砂子了。

只用了十天时间，村民们就把基础工作做好了。望着沿村子道路边上，间断地堆得沙石像一座座小山似的，村主任就带着人进城去购水泥了。等村主任带人把几大车水泥运回村时，几位老汉已经打电话把他们在县城里建筑工地上打工的儿子们叫回来了。接着就正式开始铺路了。一个月后，村子的泥土路全部硬化完了。由于辅助材料基本上是就地取材，节省了不少成本，原计划铺五里的，结果二十万元钱铺出了六里的水泥路。最后一里的水泥路，虽然只能过电动三轮车，却直通到了村后的山脚下。

在村民们热火朝天地硬化村中小路的时候，陈志峰则跟着镇上农基站的技术员小李，整天背着个工具包，在村前村后跑来跑去。当村间道路硬化完毕，村委会开竣工典礼会的时候，陈志峰也宣布了一条重大消息——他跟镇农基站技术员小李经过半个月的考察研究，发现柳树村两边的坡地，适宜茶树生长，他决定，立即请示父亲投资，帮乡民们整修村后的山坡，开辟茶园！带领乡亲们种茶树，从事绿色农业生产，走另类创业之路！

陈志峰确定了投资项目后，立马回到市里，向父亲汇报。陈昌兴听了儿子的汇报，问儿子道："你为什么要选择在全国各地都在提倡走城镇化道路的时候，却背道而驰，而且在我们的主产业房地产开发不断取得成绩时，要离开城市发展的方向，抛开成功经验，到乡下，到偏僻的山村，去种地、开办农场，走另类创业之路呢？你走这条新路，有成功把握吗？"

陈志峰说："爸爸，我可以明确地向您保证，我将要走的这条新路，一定会成功的。您在这个行业打拼这么些年，是取得了辉煌的成绩。可是，我加入到这个行业，一年来，我是战斗在第一线的。我可以说，这一年来，我是拼着全力去工作、去战斗的。我已经体验了我该体验和以往不知道、不了解的事物。现在，房地产行业的辉煌时代，已经过去了，再往后，就将进入'强弩之末'的时代，所以，这两个月来，我在不断地思考，上次，回到老家时，我遇到那个小女孩后，她给了我一个指引，是她给了我一个寻求新思路的契机。我已经两次在马鞍镇双柳树村的土地上走来走去，那么厚重的黄土，那么纯净的水，那么清新的空气，那是多么优越的自然资源啊！再说，我们国家有那么丰厚的文化资源，那么悠久的饮茶习惯，如果爸爸您同意我的创业之路，那么一年或两年后，在马鞍镇双柳树村，将会出现互利共赢的美好局面。"

听了陈志峰的一席话，陈昌兴没有言语，他点上一支烟，抽了一会儿，突然把烟屁股往烟灰缸里一摁，拍了一下儿子的肩膀，说："爸爸同意你的大胆设想。想不到，你这一年来，进步竟这么大！行！你终于成长起来了。"父亲赞许地看了儿子一眼，接着告诉儿子，让他组织几个人，搞一个项目的具体实施方案，等方案出来后，在公司上层领导会议上研究一下，如果没有什么异议，就与马鞍镇双柳树村正式合作。

方案很快制作完毕，并在公司上层领导会议上研究通过，公司正式任命陈志峰为"绿色产业开发项目部"的执行经理，确定投资资金为五百万元。

陈志峰带着项目方案书和三个助手来到了马鞍镇双柳树村，很快与村委会和村民代表们签订了合作合同书。合同上规定，基础设施费和规划整修工程，由陈志峰出资并负责，村民只负责配合耕作，出工不付工钱，等经济作物有收成时，由公司统一定价收购，然后向外推销。接下来，陈志峰组织村民们，整修村子两边和村后的坡地，在三面山坡上各修了一条一千米长的水泥石子的石梯路，在每面坡的半坡，修了横行通行道；还按一定的距离开挖了十几条排水渠道。然后，他买回几千斤蚕豆种，让村民们开始在坡地里种蚕豆。

当满山坡的蚕豆结出豆角的时候，村民们站在地头坡坎上，望着自家耕作的成果，心里喜滋滋的，都在内心盘算着，再过半个月，蚕豆就要收获了，到时候，只要把豆子收回家，这三个月的辛苦费就有了。谁知这时候，陈志峰却让项目部的人在广播里向村民们喊话通知，让大家赶快到坡地里，把蚕豆连秧苗一起用锄挖倒，过几天要统一安排人犁地。村民们听到广播，自然舍不得毁掉自家辛苦耕种眼看成熟的作物，没人动。

陈志峰等了两天，见没人动手，他只好与项目部的人员商量，决定出钱雇用外村人员，来挖掉那些坡地里的蚕豆秧。很快，项目部的工作人员从外村找了几个村民来了，说好挖坡地里的蚕豆苗一天，付工钱六十元。那几个雇用外村人员，觉得工钱还可以，扛上锄头就到坡地里挖起那些蚕豆秧子来了。一会儿，双柳树村子里的村民赶到地里阻拦了，他们说，辛苦耕种一番，眼看成熟的作物，坚决不能毁掉。陈志峰对大家说："这是公司的规划安排，挖了蚕豆秧后，还要赶着种别的作物呢！既然咱们签了合同，就要服从规划，不能破坏规划安排而误时误种下一季作物。否则，就要按照合同赔偿损失。"

村民们一听阻拦要赔偿损失，心想，蚕豆看来是保不住了，如果再阻拦而赔偿一笔损失，更划不来了，就坐在地边，气哼哼地看着陈志峰带人毁了这些作物而埋到土地里。大家只有摇头叹息。

不久，村民们按照陈志峰的安排，在坡地里又种上了玉米。几个月后，玉米又开出穗挂上了玉米棒子，看来，再过半个月天气，就有收获了。

谁知，过了一星期后，陈志峰又让项目部的人在大广播里向村民们喊话通知了，让大家赶快到坡地里，把地里的玉米棒连着禾秆儿，一起用锄挖倒，过几天要统一安排人犁地了。

这一回，旧病重来，勾起了村民们的伤痛，大家不答应了。他们说，庄稼快成熟了就毁掉，这不是瞎折腾吗？有十几个人，直接去找陈志峰论理。有的人则扛上锄头，到地里守着，防止陈志峰又像上次一样，雇了外村人来挖掉他们地里的玉米秧子。就连村主任老魏这回也挺不住了，他在一些村民的簇拥下，也找到陈志峰，他说："志峰啊！记得当初你说是来帮大伙儿致富的？"

"是的，我是这么说的。"

"可是，你这连续两次，要大家把眼看成熟的作物毁掉，这可都是大家的心血啊！这种行为，可是少见呢！这像是帮咱们致富吗？"

"就是，这哪像是帮咱们致富呢？"旁边的村民随声附和。

"是啊！刚开始，出钱修路，又整修坡地，倒也是好事，可现在，不知生出啥幺蛾子了？"

陈志峰看了大伙一眼，说："乡亲们，请大家不要激动。我让大家种了两次农作物，却要大家把它毁掉，这确实有点残酷，但不是什么坏心思，也并不是瞎折腾大家。而是，你们现在种的地，这十多年来，一直都大量施用化肥，没有人施用青肥，已经坏了地的地气和土壤。我要大家把农作物埋在地里，就是改良土壤。我记得我曾给你们说过，咱们要开辟茶园，带领乡亲们种茶树，从事绿色农业生产，共同致富！可是，不先改良好土壤，不利于我们后期的开发利用啊！土壤深厚而肥沃，这是我们创业的第一步啊！"

乡亲们听了这番话，都沉默了。过了一刹那，不知谁喊了一声："大伙儿还不赶紧改良土壤去！"

人群呼的一声散了，人们纷纷扛上锄头，朝各自坡地里走去。

半个月后，陈志峰调回来了几批茶树苗，在邀请的茶农专家的指导下，人们忙碌地在坡地里种植茶树。由于地肥充足，加上管理得当，两年后，茶树长得很快，终于有了收成。马鞍镇双柳树村的村民们，将采回的茶卖给陈志峰，陈志峰将茶叶就地加工，然后运到外地销售。这批绿茶，被人们称作巴山毛尖，每斤可以卖到八十元。

三年过去，陈志峰带领的马鞍镇双柳树村，成了万亩茶园。每户茶农每年收入四五万元。许多外出打工的村人，都纷纷回来了。他们放下行囊，摇身一变，成了茶农，守着他们的绿色产业，过着日新月异的好日子，心里舒畅极了。马鞍镇双柳树村"万亩茶园"一出名,不少城里人周末结伴赶来这里旅游观光。村里几个聪明的年轻人,还趁机在茶园附近撑起太阳伞,摆开茶摊,做起了服务游客的小生意。

闲时,村人聚在一起议论说:"过去人们常说,朝里有人好做官。现在咱是,村里有能人,家家都致富哟!"

当陈志峰听到村民们这样的赞叹,又看到那个放学后也在茶园旁边摆了个茶摊,正在欢快地向游客递茶水、出售当地小吃食的何丹丹小姑娘时,陈志峰更是舒心地出了一口气,心想,经过几年的折腾,我总算是没有白费心血。现在,在双柳树村,贫穷已经不是问题了。

绝不食言

晏瑜

　　张娟是跟他们村子里的阿君一起到深圳打工的。因为，阿君在一家名叫"同辉制衣公司"的工厂里做车间主管，跟着他，家里人放心。

　　张娟进厂后，阿君带她在电车组实习了一个多月，她已掌握了电动缝纫车的技术，就开始做流水工序了。由于她很用心，技术学得也很快，两个月下来，她的计件月工资已达到一千五百元。阿君见她能挣到钱了，就先后两次在她面前说："看看，在外面这钱比你在家里养猪种地好挣吧？

好好干，多挣些钱，回家也建个小洋楼。"

张娟暗想：阿君老说外面的钱比在家里好挣，可能是暗示要我答谢他吧。不是人家带自己来这个厂上班，每月自己还挣不到一千多元呢。

于是，次日下午下班后，她就去商场买了二百多元的礼品，给阿君送去。阿君开始死活不要，张娟说："你推让啥呢？是嫌东西不好吧？"阿君讪笑了一下，不好再推辞，说了几句客套话，就收下了。

很快，第二个月又领了工资，张娟又买了一包礼物送给了阿君，阿君还是推辞了一会儿，然后就收下了，并叮嘱她以后放心工作，他会多多关照她的，还要求她在工作中多学多问，学会更多更精练的技术，未来前景才美好。阿君还特意说："老乡之间，以后别这样买礼物了，否则我没脸回老家见人了。"阿君说得很诚恳，也很有道理，张娟听了蛮高兴的，心想：到底是一个村里出来的。甜不甜，故乡水；亲不亲，家乡人嘛。

日子过得很快。转眼，第三个月发了工资，张娟想起阿君叮嘱过不让她再买礼物的话，心想：也罢，一个村子的人，老这样送东西，年底他阿君真没脸回去见家乡人呢！于是，就真的没给阿君买东西了。

话虽这样说，可立竿见影，阿君在实际的工作上，却变得不那么慷慨了。

过了半个月，张娟她们车间固定的锁边员老家有事，请假后走了。所以，每个车衣工都要轮流去做锁边的工序。这天，轮到张娟锁边时，恰好那七线锁边车偏偏要换线了。天啊！张娟从来没有接触过这么复杂的线路，七拐八弯的，还要穿十几个针孔。她心乱如麻，不知从何下手，为了节省时间，她就去请阿君帮她穿线。

阿君说："一切从实际出发嘛，你去动手实习吧，不动手研究操作，永远都不会。"说完，坐着动也不动。张娟心想：还是老乡呢！你就站在旁边给我指点一下不行吗？你这样光卖嘴皮子讲大道理，不是故意难为我吗？但她还是耐心地说："阿君，你没时间帮我穿线，就站在我身边，指点我先从哪里穿起好吗？"

阿君挥挥手，说："你先去，我一会儿就来。"可过了十分钟，也不见阿君来。张娟明白了：阿君可能是不想把这种穿线的技术教给我吧。她自己研究了近十分钟，满头是汗，也穿不好。

最后，张娟只好好说歹说请求一个路过的组长代她穿好了线。因为这次的小摩擦，张娟心里极不痛快，往后就对阿君没好脸色了。

过了几天，领工资时，张娟发现这个月做的几个货单，数量和以前基本一样，可她的工资却比以前少了一百多元。她一对自己记的私账，发现本月的流水单价，比前几月降低了，但是其他几个员工工资跟以前却一样。

这是什么道理？张娟不解地去找阿君理论。阿君一听她的来意，脸一黑，骂道："真不知好歹，钱再多也不够，还像讨饭的一样在这里瞎混呢。当初我不带你出来，你现在还在你家猪圈旁瞎转悠呢，哪能像如今这样干干净净，待在大城市拿工资哩。一个月一千多元嫌少，有本事，离开我这里，你到别处多赚几个钱，让我看看嘛。"

阿君的话，听得张娟目瞪口呆。"你……你……"好一会儿，她才结巴了两个字。看到阿君转身走开了，张娟手里捏着加班加点满满三十天赚来的千把块钱，泪眼模糊地跑到宿舍，傻坐半天。最后，她心一横，收拾了东西，工都没辞，当天离开了这个厂。

她暗想：难道大家常常开玩笑说的"老乡老乡，背后打枪"，这是真的！她发誓，再也不认阿君这个老乡了。

虽然张娟知道打工的路很迷茫，可现在骑在虎背上，就得挺胸面对往前冲。张娟鼓足勇气，把行李包提到附近一家小旅馆，安顿好后，开始独自在外面闯荡了。

终于在第三天下午，张娟找到一家招工的厂子，到门口一看，信誉时装厂！第一感觉就不错。向门卫打听，门卫告诉她厂里工资不错。她希望自己能在这个厂里做事。于是，她就进厂里去面试。接待她的主管叫周强，一看她的工作履历，觉得她是熟练工人，于是便录用了她。

上班后，张娟下定决心要在这里干下去，干出成绩，让阿君看看。张娟在这个厂里努力工作，待人和气，很快得到了车间主管的信任。她工作很开心。一晃眼到了发薪水的日子，她领到了头月的工资，"不错，一千八百五十元。"她暗想：阿君啊！离了你我也能行呀！

两个月后，同宿舍的一个女工辞工回家了。张娟进厂时，没有下铺位，三十多岁的人了，每天爬上爬下，多辛苦啊。宿舍管理员曾答应过她，有下铺就给她安排的。现在有下床位了,她赶紧跟宿管去说。可人家说不行,已有人来住了。她想:隔壁比我来得晚的工人都住了下床,这回也该轮到我了。

次日,见床位还空着,张娟就搬下来。下午宿管员来了,发现下床位被张娟占了,就来责备张娟:"我没同意你住,你咋能随便乱占呢?你以为这是摆地摊,胡抢位置呢!你还是搬上去吧。"

张娟说:"你说已有人来住,咋不见人啊?再说,都是厂里的员工,别人能住,我进来的比现在来的人早,为何不能住?"

宿管员头一扬,说:"在我这里,我让你住你就住,不让你住,你就住不成!你看着办,想做就做,不想做就算了。你要嫌上铺不好睡,那就别睡,工厂外面还有不少人等着睡上铺呢!"

哎呀!对方把话说到这份上,张娟一下怔住了。她知道宿管员是老板娘的亲戚,人家可是自家人啊!张娟思前想后,觉得无脸"赖"在这里了。

次日一上班,她就去车间辞职,厂长与主管很吃惊,说:"你才干了几天呀?进厂时间太短,不够辞职的要求。"厂长和主管他们死活不同意她辞职。箭在弦上，她没法收回了，心想：不同意也要走！当天下午，她就这样空手走人了，又丢了一个月工资。

张娟出了信誉时装厂，先租了房子住了下来。她发誓，不找到好一点的工厂决不轻易进厂。两次心灵的创伤，让她品味了生活的残酷和无情，她在打工生活中变得成熟和老练了。

两星期后的一天下午，张娟在街上走着，突然，身后一阵汽车喇叭响，她忙让到路的一边。可汽车喇叭照样在她身后响着，她又赶紧走到另一边，但是汽车响着喇叭对她穷追不舍。她暗想：这开车的人，咋这样无聊呢？专门跟我作对呢？什么意思嘛！她有些生气地转过身，正想斥责对方几句，可转过身一看，这辆小车喇叭不响了，而是靠近她停下了，车窗口里伸出个男人的头，笑眯眯地叫道："张娟，你好啊！"

"咦？这个有钱人是谁？他还认识我？"张娟好奇地仔细打量对方，终于认出他了，竟然是她在第一个厂里上班时开料部的那位邓杰师傅。

邓杰问她现在在哪里工作。张娟说："没有合适的工厂进，暂时闲玩着。"邓师傅笑着说："我知道你闲玩着。闲玩着，你还不来帮我做事,年纪轻轻的,白浪费时间,那可是犯罪呀!"

张娟闻言一怔,给他做事,做什么呢?

邓师傅见张娟发怔,笑着介绍说,自从他出了同辉厂后,就自己开了一家制衣厂,叫金鑫时装厂。经过半年打拼,目前已走上正轨,近日接了一个大货单,人少货多,一时之间赶不出来货,急得他整天在外面高价找零工赶货呢。他提议张娟先去他的厂里做事,说明天派车帮她来拉行李。张娟一口答应了。

就这样,张娟去了金鑫时装厂。邓老板对她说,等这批货赶完,如果你觉得我的厂还可以,愿意长期在这里干,我就把你在上一个厂里损失的一个月工资补发给你。张娟没有拒绝的理由。她决定在这个厂里长期干下去。

邓老板做的是内销单,做工不太严,产量很高,有时也做点外销单。这样一个月很快过去了,张娟在金鑫时装厂第一次领工资时,连同邓老板答应补贴她的工资,共计领到了四千八百元。张娟手捏着厚厚的一叠钱,数了一遍又一遍,激动得一夜没睡好觉。由于她工作认真、卖力,过了几天,她被破格提升为车间组长。

这天下班时,张娟刚走到车间门口,就听到有人叫她:"张娟,现在感觉不错吧?"她转头一看,叫她的是同村的阿君,便没好气地说:"哟,是主管大人呀!你不在同辉厂当威风的主管,跑到这里来干啥呀?"

阿君苦笑道:"阿娟,你还在生我的气呢?"

"没有!"张娟把脸转到一边去。

阿君又尴尬地一笑,说:"还想不开,要生气就继续生吧。不过,有时人被气一气,到底效果不一样哟。"

张娟一怔:"你说什么?"

阿君说:"没什么,我是说同辉服装厂倒闭了,没工作了,我来这里上班呀!"

"什么?同辉厂真的倒闭了?"张娟不相信地睁大眼睛,死盯着阿君。

阿君说:"难道我说的是假的?这事,说来可话长啊……"

其实,在张娟进了同辉厂刚满三个月的时候,当主管的阿君就发现同辉厂有问题了。因为,厂里突然把出货时间由白天改为晚上,这说明厂里在搞走私,逃避关税。还有,他联想到厂里最近两三个月老是换财务人员,这显然不是好苗头，总有一天厂子要出事。阿君发现这个疑点后，就想让张娟提前离开同辉厂，免得到时候连工资也拿不到，另外，也可促使她趁早寻个好厂上班。可他没有证据，只是推测，身为主管，又不能将坏苗头对张娟明说。明说了，一旦传扬出去，搞不好会惹出大祸的。可怎样让张娟离开呢？他想来想去，想出了一计，就硬起心肠，终于把张娟气得跳槽了。实际上，张娟离开同辉厂后，心里一直恨着阿君，可阿君却在暗中关注着她的动向。比如信誉厂的主管周强，是他以前的同事，跟阿君关系不错，阿君和他打过招呼，如果张娟前去应聘，让他多关照张娟。后来，张娟又离开了信誉时装厂，阿君又给邓杰师傅介绍了张娟的情况，这才有了街头的巧遇。

现在，同辉厂真如阿君所料，狡猾的老板把空厂子转包给别人后，玩了一招空城计跑了。三天前厂子被查封了，阿君没领到最近两个月的工资，就来邓老板的工厂上班了。

张娟听了阿君的解释，回想着自己的经历，体会着阿君的用意，心里感慨万千，双眼渐渐湿润了。不是吗？经过那些磨炼，锻炼了自己的毅力，学到了更多技术和打工经验，还当了组长，现在自己上班一个月的工资，顶过去两个月多呢。

她不由得一阵激动,一把拉住阿君的手,说:"阿君,你让我跳进了一片更明亮的天地里!可我竟然错怪你了,我对不起你啊!今晚,我在工业区的吉祥餐馆,请你吃饭,以表心意,好吧?"

"别客气了。谁让我们同样都是外出打工的洋州人呢!再说了,当初出门时,你老公阿祥再三叮嘱我,一定要照顾好你。我说让他放心,保证让你打工两三年,回家把你们的旧瓦房换成两层楼房的。作为男子汉,我可不能食言啊。"阿君轻松地说。

"仇人"逼我当领导

晏瑜

她叫阿钰,是一名从陕西走出来的打工妹。

那年春天,当春风在汉江边开始梳理柳枝的时候,十八岁的阿钰就辞别亲人,背上行李包加入南下广东打工的队列了。去了火热的珠三角后,阿钰顾不上欣赏南粤大地上迷人的风景,就紧锣密鼓地为找工作忙碌起来。经过一些日子的折腾,在老乡的帮助下,她进入中山丽姿时装厂做了中烫工。因为厂里做的全是高档的出口时装，每个车缝组除了二十名车缝工外，都配有五名中烫工。中烫工先要把衣料的袖口、衣领、裤腰、衣服前门襟等散料处全部贴了衬布，烫平展后才交给车缝工压线车缝。中烫工是车缝工的先锋军和重要保障力量。但中烫工必须站着做事，每天站立十三四个小时，辛苦极了。

阿钰进厂后，转眼三个月了。一天，厂长给她们小组带来一个三十岁的男人，名叫周艺，说是新来的组长。她这才知道老组长突然辞职走了。

周艺是四川人，瘦高的身材，说话嗓门也大，但老是趿拉着鞋，因为是夏天，裤腿也挽得一高一低。

周组长穿着极为随便，但做事却不随便，专横得很。他上班第二天就凶巴巴地对组员们训话："大家听着，往后我是你们的头头，虽然你们都是老员工了，可我不管你们以前的干活方法多好，都得推倒重来！以前是'王太君'，现在是我'周太君'，炼丹方法不同，可效果绝对一样！总之一句话，往后，我让你们咋样就咋样，就算我说的是错的，那也要按我说的来。"

接下来,"周太君"就开始给员工分派工作,他走到谁面前,就往谁工作台上一坐,脱了鞋后,把脚蹬到对面的货架台上。大家也只有忍着。

因为厂里没有专职的货物收发员,所以经常由员工临时兼职。

一天,周艺派阿钰跟同事阿艳去裁剪车间领裁片。当时厂里货赶得急,裁剪车间员工不分白天黑夜地猛裁,裁片码得像山一般高。阿钰跟阿艳都是一米六的女孩子,搬了两只凳子垫在脚下,慢慢地取裁片。取着取着,软乎乎的裁片垛儿哗啦一下倒了过来。她俩措手不及,摔倒在地上,差点被压在布料下面。顾不得摔疼的膝盖,她俩心急火燎地继续整理裁片。有几个裁剪男员工也停下手里的活,跑过来帮忙。

正在这时,周艺从三楼车间上来了,见此情景,大吼起来:"好啊!叫你们来取点裁片,这种小事都靠不住,你们做什么事能不让人操心啊?"

帮忙的裁剪男员工见他一吼起来没完没了的,忙打圆场,说:"她们也不是有意的嘛。"周组长却一瞪眼:"咦?你是谁啊?从哪儿蹦出来的?我管教我的员工,关你屁事!"接着继续唠叨自己手下员工不服从管教，做事不认真，既给他丢脸，又耽搁时间，说要罚每人二十元。阿钰又是道歉又是求情，让他别怄气。最后周组长黑着脸命令她们赶快把裁片运下去，还加了一道命令："下班后，各写一份检讨书交给我。"

阿钰跟阿艳觉得很委屈，可是，秀才遇见兵，有理说不清！她俩相互安慰了一番，晚上下班后，只好趴在铺板床上，各写了一份检讨书。

次日早晨一上班，阿钰先把检讨书交了上去。

周组长看了一下，却沉着脸指着阿钰的检讨书念道："裁片落了一地，造成工作失误，这种工作不认真的态度，是很不对的。今后坚决改正，请组长大人谅解并多多包涵……"

周艺瞪了阿钰一眼，问道："谁是大人？组长是多大的人？有大人就有小人嘛。小人是谁？你说你是啥态度？你含沙射影地讥讽谁呢？"

天啊！遇见这种二愣子组长，真是无话可说！阿钰的眼泪唰地流了下来。可周组长啪地一拍桌子："不服从管理，态度恶劣，罚款三十元。"他开了一张罚款单，扔给阿钰就走了。

经过这件事，阿钰看出组长周艺是个斤斤计较、遇事不肯善罢甘休的小男人。往后，阿钰对他敬而远之。可是，才没过多久，麻烦又来了。

第三天分配工序时，周组长看也不看阿钰一眼，就不动声色地把难做的货拿给她做（因为中烫工是集体计件平均工资，多做也没浮动工资），还总是催促，阿钰连上厕所都没时间。有时候，阿钰刚抓紧做好了手中的事，还没喘口气，组长又派她去帮忙车裤耳、锁边，反正别想有空闲时间。

一天下午上班时，阿钰提前五分钟进入车间。车间里还没有几个人。阿钰向自己的工作台走去，却蓦然发现周组长正站在她的烫台旁边。阿钰一愣，心想：不知他又要玩什么花样？这时，他弯腰拾起一片布料来，在阿钰面前一抖，气急败坏地说："这么大的一块裁片掉在地上，你都看不到吗？眼睛长到哪里去了？只顾下班抢着往外面跑？厂里规定裁片掉到地上要罚款的，难道你不知道吗？"哼！你听人家的话，还挺押韵呢！但是，当时阿钰闻言却愣住了。因为自从她搞清楚组长的德行之后，时时处处小心，特别是下班时，精心检查烫台上的东西，她能让裁片掉到地上而不顾吗？

阿钰不由得心里一凉，说："我没有……"

"还想抵赖吗？证据还在我手里呢！"周艺瞪了阿钰一眼，边说边走向他的工作台，"先罚款五十元作为警告。"

很快，他开了一张罚款条拿过来。阿钰再次张口结舌，泪水无声地流淌着。

25号是厂里轧账的日期，各种票据都要上交厂部。这天，阿钰正忙碌着，周组长走来站在她身边嘀嘀咕咕说了一通话。阿钰最后听明白了。原来，他要向厂部上报罚款单了，他这是叫阿钰去买一把大剪刀回来。因为，组里配裁片和他剪纸牌时，老是拿对面组里的剪刀，人家很不乐意。他让阿钰买一把剪刀回来，大家用起来方便些，同时，这个月对她的罚款单，他就不用交到厂部去了。等以后集体有剪刀用了，阿钰可以带走这把剪刀。

这时，阿钰仔细一想，才明白当初掉裁片及现在买剪刀两件事，看起来风马牛不相及，其实，这是他一早就精心设计的连环计。

多有心计啊！多会祸害人啊！

阿钰心里很难受，本不想去买什么剪刀的，可工友阿艳拉她到一边分析了眼前的"形势",说:"不就是一把剪刀吗,你就全当三十元钱让贼给偷了。"

午餐后休息时,阿钰在阿艳的陪同下,去街上买了一把三十二元钱的大剪刀回来,上班后交给了周组长。他皮笑肉不笑地接过剪刀,当着阿钰的面,把掉裁片那天开的罚款单撕毁后扔进了垃圾桶里。

进入8月,因为厂里货少了一些,加班时间相对短了一点,组里中烫工可以轮流着提前下班。可每当轮到阿钰时,组长都说这批货要等着出货的,就不能提前下班。一天晚上,8点40分,组长对阿钰说:"你可以下班了,先回去休息吧。"阿钰终于可以提前下班了,她暗暗高兴,收拾了一下东西就走向宿舍。可阿钰刚回到宿舍,大家跟着后面也就下班了。她想:又中招了。下次又该轮我拖班了,这样我不是反比以前干得时间还长?回想常常累得腰酸背疼两腿浮肿,这全是周组长对自己的"奖赏"。这人,怎么有这么强的报复心啊!

阿钰知道在这里干不会安宁的,就连夜写了一份辞职信,打算交上去。

可躺在床铺上,阿钰又犹豫了,她想:真不甘心就这样让他把我"整走",这样,不正好中了他的下怀,让他高兴吗?还是再咬牙干一个月吧。于是阿钰撕了辞职信,次日照旧到车间去上班,咬紧牙更努力地工作。

转眼间,25号到了。这天阿钰正忙碌着,忽听一阵吵闹。阿钰循声看去,只见周艺跟男工李力打起来了。

过了一会儿,只见周艺撒腿向洗手间跑去。阿钰忙问身边的员工阿芳是咋回事,阿芳凑近阿钰耳朵说了一通,她才得知缘由。

原来,组里的女工小兰家里有事,昨天紧急辞职走了,空出了电脑控制的缝纫车。李力想坐这台电车,就把东西都搬了过去,可组长不让他坐这台车,说先空着,再等待安排,不知要留给谁?但李力偏要坐这台电车,把东西放好就往机头上穿线。周组长把他拖下来,三拉两拽,李力火了,把一个线筒扔到了周组长的脸上,于是,两个人就打了起来。李力的哥哥见周艺个头大怕弟弟吃亏,也过去给弟弟帮忙。周组长见事情不妙,就躲到了洗手间。过了一会儿,周艺跑到厂部告了李力一状,说李力不服从指挥,还打破了他的鼻子,厂里为了"支持组长的工作",就把李力和他哥哥嫂子一起开除了。

可是,到了第四天下午,厂长把周艺叫去了。

过了一会儿,周艺就黑着脸回来了,嘴里还骂骂咧咧的,开始收拾东西。

阿钰正感到莫名其妙。这时,工友阿艳凑过来,附耳对阿钰说了整件事情的来龙去脉,阿钰才明白了。原来,组里一下少了四个老员工,生产任务老是完不成,赶不出货来,加班加点是家常便饭。大前天,周组长心一急,指导做错了一批货。这批货出了厂,现在客户来找麻烦了,厂长很生气,派人来组里搞基层暗访,没想到二十六名组员,都说周艺不懂管理不适合做组长,说他简直就是糟蹋组长的名号。所以厂长就决定炒他"鱿鱼"了。

阿钰终于长出了一口气。周组长走的时候,阿艳对阿钰说:"嗬!天大的喜事,咱们快去买鞭炮来放一放,庆祝一下。"阿钰说:"还是算了,何必要跟他一般见识呢。"她暗想:周组长同样是打工的,也不容易!不过,都在人家屋檐下挣饭吃,可他为何就是不明白和气生财的道理。唉！他这样做是害人害己啊！

9月10号那天，阿钰正在忙着，生产厂长查勋来到她身边，叫她到他办公室去一下。阿钰不知道发生了什么事，放下手里的活，就跟着他到了他的办公室。

查厂长说："阿钰，从明天开始，你就是组长了。"

"啊？"阿钰怀疑自己听错了，用惊讶的目光望着生产厂长，"你说谁当组长了？"

查厂长说："你呀。从明天起，你就当组长了。阿钰，好好干吧。这是厂部的安排。"

原来，这段时间车间调整机构，新购了五台大型贴衬机，并把十台锁边车分过来，组成一个新机组，要提拔一名有经验的员工当新组长，他们在车间进行了考察，没想到八个车缝组的组长，一致推荐了阿钰。大伙说阿钰吃苦耐劳，既会贴衬布，又会车裤耳子、开锁边机，技术全面又过硬，而且工作能力及面对困难的毅力强。最明显的事例是，有一次，在两个小时内，阿钰车好了六百根裤耳子，全车间无人能比。

次日,厂部正式宣布了这个决定。那一刻,阿钰心潮澎湃:"是磨难让我变得成熟的,是'仇人'周艺'逼'我当上了全厂最年轻的管理人员。行走在职场的征途上,我要做一条会飞的鱼!"

最后的秘密

曼瑜

乡下小伙子崔明和女朋友文芳一同到省城打工。女友在一家饭店当了服务员,崔明进了金星电子厂当了货车司机。

那天,崔明给一家工厂送完货物,已经快下午五点了。回电子厂的路上,一个三十多岁的陌生男人拦住了他的车。崔明问对方要干啥。男人不说话,崔明想开车走开,可这男人站在车前不让路,崔明只好下车问他有什么事。这男人摇摆了几下手,还不说话,把一张纸条塞到他手里。

崔明展开纸条，纸上写着："我是个哑巴，因交流不便，别人不愿意理我，麻烦你帮我把这个电视机送到我朋友家里。因为上次我喝醉了酒，把朋友家的电视机砸坏了，现在要赔偿他一个。地址是：长宁路北镇巷125号201室。"

哑巴男人见崔明看了纸条有点犹豫，便掏出五十元钱，塞到崔明手里。崔明看了看时间，已经五点半了，他想起昨晚女朋友文芳说过，要他下班后，跟她一同去看望她一位生病的好友的事，就想拒绝对方。哑巴男人以为他嫌钱少，赶紧又掏出二十元钞票，塞在崔明手里，并掏出一个小本子，急忙在上面用笔写道："兄弟，帮个忙吧，别让我再失望了。"

崔明看到哑巴一双眼睛里满怀期待，只好点头了。哑巴见崔明答应了，就去搬放在路边的一个大纸箱。崔明也上前来帮忙，纸箱很快搬到了车上，哑巴上了车，崔明开了车就走。

刚走了几分钟，崔明的手机响了，是文芳打来的，说她把礼品都买好了，等他快点过去呢。崔明挂了电话，就想给哑巴说让他重找一辆车，可又不好开口。

恰巧这时，旁边有一辆出租车驶过，是空车，崔明赶紧拦住出租车，说了意图，掏出哑巴给他的七十元钱和那张纸条，一并给了出租车司机。于是，这差事就转给出租车了。

次日下午，崔明出车后刚回到厂里，两个警察走上来问清他的姓名，二话不说就把他带走了。到了派出所，崔明问警察，自己犯了什么法。警察说："你跟那个哑巴是啥关系？为何要跟哑巴合谋让赵凡给别人送物品，结果东西送不出去，还弄伤了人？"

崔明懵了："我跟他人合谋搞鬼？结果弄伤了人？我有这闲心吗？这到底是怎么回事？"

警察瞪大眼睛："嗯？你不知道此事？"崔明说："你看我够忙的了，我真不知道是怎么回事呀。"警察说："昨天下午，你拦住出租车司机赵凡，让他送电视机给长宁路北镇巷125号的韩某，对不对？"崔明点头："对呀。我是帮哑巴拦的出租车。"

"可到了125号楼下，哑巴李某称自己身体不好，让赵凡帮他把货物拿上楼交给收货的主人，自己在楼下等。当赵凡按吩咐将电视机送到韩家时，韩某却说根本就不认识哑巴李某，坚决不收。无奈，赵凡只好将电视机搬下楼，却发现哑巴李某已经走了，赵凡无法交货，只好将电视拉回自己的家里。今天早晨,赵凡出车了。不久,他十岁的外甥王明和十二岁的外甥王华从乡下到赵凡家玩,两个孩子看了一会儿电视,赵凡的妻子也上班去了。后来,还在看电视的王明和王华,忽然发现旁边的地上有一台纯屏的大电视机,以为是舅舅买的呢,想过过看新电视的瘾,两人一商量,决定换上新机子。兄弟俩一起动手把旧电视机搬到一边,准备把大彩电换到柜子上。谁知,王明和王华抬起大彩电正往电视柜子上放时,力气有点弱,又因电视机底座在柜子沿上一碰,王明一个趔趄倒在地上,没放上去的电视机倒过去,砰的一声掉到地上,正砸在王明的左小腿上……"

崔明听到这里,眼睛睁大了,好像听书一样,双眼盯住警察,不由得张大了嘴。

警察稍停了一下,继续说:"赵凡得讯赶回家来,将受伤的外甥送进医院。因为王明左小腿破裂性骨折,要交两万元治疗费。赵凡交了钱,安顿好外甥,越想越冤枉,越想越气愤。决定找哑巴索赔经济损失。因为他不认识哑巴,所以报警了,我们根据他提供的你的车牌号,才找到了你。你跟哑巴一同拦的出租车,你和他还不是同伙吗?"

"啊？原来如此。这……咋会出这样的事啊？可我冤枉呀！我也不认识哑巴，我是半路上碰上他拦车，才帮他的。后来因为我突然有事，才帮他另找车的。"崔明叫苦道。

警察说："如果你真的不知道哑巴是谁，那就配合我们去调查，早点弄清哑巴的身份和动机。你说他既然要给别人送东西，为啥当时要跑掉呢？我们必须要找到那个哑巴。"

"这个哑巴，葫芦里到底卖的啥药嘛？！"崔明虽然心里很烦恼，但是，自己被这事牵涉进去了，不弄清楚，一天也不得安宁，就答应听从警察的安排。

警察们接下来和崔明去调查哑巴要送给东西的对象——拒收物品的韩某。

他们到了长宁路北镇巷125号的韩家。这是一对年近六十岁的老夫妻，韩某说他们夫妇早年从同一家小企业下了岗，如今靠国家每月发的一千多元生活费生活。他们只有一个儿子，因为和他们脾气和不来，在外地打工，一直没联系。老两口为人本分，没啥交际，与世无争，所以突然有个哑巴托人送东西来，根本认不得，就拒绝了。

这时，崔明看到老人家的电视机还是个十七寸的旧机子，肯定是在旧货市场买的，就说："老人家，假如你的哪个亲戚或朋友，经常来你家，见你的电视机很小很旧，想给你换个电视机，又怕你拒绝，就以匿名的方式相送，你觉得会是谁呢？"

老韩听到这里，忽然说："会不会是冯王存？"

"冯王存？他是干什么的？"警察异口同声地问。

老人说："我爱下象棋，有一次在街头一个棋摊碰上他，和他下了三局，我胜两局，他佩服我的棋技，说要拜师。后来他常到我家来跟我下棋，长进很大。有一次，他在我家下棋，他问我，啥时把我的电视机换个大的嘛，我说以后有条件再说。上个月，他在全市象棋比赛上得了银奖。会不会是他想送我电视机呢？"

警察一听很兴奋，又询问老人，得知冯王存是聚缘饭店的保安，马上就去调查冯王存。可饭店经理说，冯王存请假一个月，半个月前回几百里外的老家结婚去了，还未回来。看来，可以排除冯王存送电视机的可能性了。

接着，警察们分析，只有从哑巴这一特征上进行排查了。警察们调查了两天，查了相关资料，有相关特征的男人一共有五个，可根据崔明的印象，核对这几个人的资料，均不符合送彩电那个哑巴男子的年龄和特征。那么，这个人，究竟是谁呢？

他为什么要给老韩匿名送东西呢？

"送货的那个哑巴，你到底躲在哪儿啊？"找不到事主，崔明很着急。

这天下午，警察们准备让崔明带路去他那天见到哑巴的地方碰碰运气，想不到，他们一伙刚出门，一个人迎面走了进来。崔明一看来人，大叫道："来了！来了！"

警察们不明白，忙问："什么来了？"崔明说："就是他，正是肇事的那个哑巴。"

警察们喜出望外，赶紧将来人带到室内进行审问。可是，来人不是哑巴，他会说话，他说自己不姓李，他的真名叫韩阳春，现在是来自首的。他说，那天他是故意装成哑巴的。

警察说："韩阳春，为啥你要隐瞒姓名折腾人呢？你可知道，你要人家帮你送的那个电视机，后来造成的后果是多么严重吗？"

"唉！这正是我前来坦白的原因。我这是弄巧成拙了。这两天，我总以为弥补了一点愧疚，心里多少欣慰了一点；可是，昨日傍晚，我才从报纸上的新闻报道中得知，因为我这个电视机该收的人没收，却伤了无辜之人，我是'损人不利己'，我心里有愧，这才一大早从邻市赶回来……"韩阳春无奈地说。

崔明也禁不住说："弥补一点愧疚？为啥你不当面去呢？你这样害得我好苦啊！"

韩阳春脸红了，小声说："因为，老韩是我爸爸，我、我、我没脸见他……"

"为什么没脸见他老人家？"警察追问，心里更疑惑了。

韩阳春嘴动了动，没说出话来，怔了一下，他脸更涨得通红。他颤抖着手拉开衣服的拉链，从衣袋里掏出一个证件一样的小东西，放在警察面前，"因为我、我刚刚出来……"

其实，韩阳春是一名刚刚刑满后被监狱释放出来的劳教人员。

六年前，在一家白酒厂上班的他，不幸下岗了，正在为工作发愁，偏在此时，热恋了三年的女朋友变心后跟香港的一个男人跑了，心灰意冷的他，整天和一帮青年吃喝赌博。有一天，他赌输了想翻本，可弄不到赌资，就跑回家里，略施小计，将正在看电视的母亲骗进房间，反锁在了屋子里，然后他关掉电视，飞快地扛起那台二十五寸的彩色电视机，扛到旧货市场卖了六百元。结果，他将钱拿到赌桌上，没半天时间，又输了个精光,还欠了三百元。

　　当天晚上,他沮丧无比,一个人在街头走来走去,寻思翻本的门路。十一点多,毫无办法的他,情急之下,在街上抢劫了一个女人的八百多元现金和一枚金戒指。不久,他就落入法网,被判刑十一年。入狱后,在狱警的耐心教导下,他思想转变了,他发誓,不混出点名堂,不见父母。从此他积极改造,不断地争取奖励,先后获得了两次减刑的机会,共减刑四年。本月十号,他提前劳教期满出狱了。出来后,他没脸见父母,决定找到工作或干出一番事业,找个对象,结婚后带上妻子来见父母。可是,站在暗处看着家的位置,当初卖了家里的电视机的一幕,又涌现眼前,心里愧疚得很。

　　这时,他产生了先送给父母一台大彩电,减少愧疚的想法。于是,他用几年来在狱中积攒的补贴费,买了一台大彩电。他明白父亲的脾气,就写了一封二百字的短信,放入纸箱里,然后,寻思送礼物的方法。后来,他决定装成哑巴去送,既不会被人问来问去,也不会被父母认出。可是,没想到最后事情却没按他的设想进行下去,而是发生了变化,出了意外,竟然害了别人。

事情终于水落石出了，在场的人心里都是五味杂陈。不过，耽搁了三天，崔明现在总算清白了，终于可以回厂上班了。

次日下午，在民警的安排下，赵凡与韩阳春见面了。赵凡得知原委，放弃追究韩阳春的责任。这时，派出所的李所长走来，递给赵凡一万元，说："这是我们全所民警捐的，一点心意，请收下。"

李所长话音刚落，这时放不下这事的崔明，也刚好赶来了。他把一沓钞票递给赵凡，诚挚地说："这是我这半年打工攒的一点钱，仅有六千元，希望能给你外甥弥补一点医药费，你别嫌少。放心，往后我还会做好人的。"崔明话音一落，屋子里掌声雷动。

张东交了狗屎运

曼瑜

这天清晨，张东匆匆跑出老同学刘红的出租屋，连早餐都顾不上吃，到路口拦了一辆摩的，就往招工的"龙山鳗联公司"赶去。

到了该公司门口，放眼一瞅，天哪！墙边站的，树下蹲的，东一堆，西一伙，约有二百多个人来应聘。可保安室外面的墙上分明写着：招男工十八名，女工十五名。唉！看来希望太小了！

正在张东心中降温的时候，门卫开了

小门，叫应聘的全部领表格，进门先填写履历。张东急忙挤进人群，领到了登记表。门卫将他们带到旁边一幢楼的员工大饭厅里。

这时一个高个头女的说："各位应聘者看清楚，现在坐下填表，表上有编号，各位一定要记清自己的见工序号，填完表，交到我手里。"

张东仔细一看，他是十八号。大家填完表都交上去了，那女的让张东他们都走出饭堂的大门，按照见工的编号顺序在院落空地上，排成四条纵队。然后男工逐一在地上做五十个俯卧撑；女工则在一边头裹浇了热水的湿毛巾，做原地跳跃动作。

做完这些动作，张东他们又被全部带进饭厅屋里。那女的大声说："各位注意，来应聘者，大部分人将会成为本公司员工，听从经理的吩咐，我们特意为你们供应一份早餐。下面将按应聘序号来发放早餐。"女的话音刚落，两位饭堂师傅从厨灶间推出来一部餐车。于是，女主持就叫应聘编号，叫几号，几号就站出来领早餐。等叫到十八号，张东兴冲冲地去领来自己的一份，暗想，嘿嘿！不错嘛！今天早上没顾上吃早餐！还奖赏一份蛋花汤呢！

然而，当张东落座后喝了一口汤，咦！怎么不对味，咋这么苦啊？张东用筷子把这一大碗蛋花汤搅了搅，看清里面好像是煮着苦瓜跟什么青菜。这几天张东从没吃过饱饭，管他呢！只要吃饱了肚子，还管它苦不苦！张东就大口地吃，几分钟就把早餐吃光。抬头望望四周，好多人似乎根本就没动过筷子，只有十几个人吃完了，把空碗拿去放到那部餐车旁边。于是张东也照办了。在交回碗时，张东才发现，碗上还编了号呢。

十分钟后，女主持又说话了："大家早餐用完了，请各位到院子中休息一小时，到时还要继续面试。"大家听从安排一起到了院落里，在靠近宿舍楼的墙边闲聊。

忽然，一阵风吹过，有件白色的裙子掉到了地上，这时，身边的人走来走去，视而不见。张东见白净的裙子落在地上，看着心里不忍，就捡起衣服来抖掉灰尘搭到了晾衣绳子上。

这一细小的动作，被一个人看在眼里，她就是餐厅里的人事助理——衣服的主人刘玉娟，她心里不由得一阵温暖：这小伙子的心多善良、多细腻啊！

一小时很快过去了，张东他们这二百多个应聘者又被叫进刚才那个餐厅。女主持说："今天上午的见工就到此结束。现在大门外有一份刚贴出的招聘通知，请大家去看一看。"

大家拥到门外，只见一张红纸通知上面写道："经本公司人事部研究决定，下列人员考试合格，被正式聘用，请于明日下午来公司办理入厂手续。"

张东努力睁大眼睛寻找，他的名字，居然也在录用名单之中！张东高兴的眼睛都眯成了一条缝。

次日，办入厂手续时，张东趁机问人事助理刘玉娟小姐，他们被录取的依据是什么。刘玉娟微微一笑说："本公司是一家特种食品类公司，刚开工不久，老员工是从总厂调来的人，所招的新员工，都要入厂培训后才上岗，进蒸笼，下冰窖的可能都有，所以不论是生手熟手，只要能吃苦耐劳即可。验收标准嘛，有两条：第一，男的做俯卧撑，女的头裹热毛巾原地做跳跃动作；第二，供应早餐。其实，做俯卧撑和裹热毛巾原地跳跃，是考核应聘者身体的健康程度。还有一个检验目的，就是检验其心理是否健康，这是选拔好员工的关键！你想，一碗苦汤都不能征服，别的还用讲吗？"

啊？张东闻此言不由得一怔，心中暗自嘀咕，这样的招工条件未免有点荒唐！但是，转而一想，"鳗联公司"这种独特的考核标准，也有一定的道理：打工者当中长时间找不到工作的人，必定生活无着落，备受煎熬，这种人有份工作肯定会万分珍惜的！

果然，上班后，张东才明白了，所招的女工，全被分在烧烤车间；有三分之一的男工被分在冷库工作。而张东被分在宰杀车间。都要先培训半个月。

张东和宰杀班员工，天天拿着牛耳刀跟着师傅杀黄鳝，偶尔学杀一条鳗鱼，也不是活的，往往是病死了的。杀鳗鱼很讲究技术和刀法。先用两条钢钉（定位针），把鱼头和尾巴钉住，然后拿刀瞅准鱼肚皮，一刀从鱼胸口划到鱼尾处，不能杀第二刀，否则就是乱了刀路，是废品，要被罚款、挨训。上班一天下来，腰酸背疼，眼眶都发酸。张东他们整整练功半个月，才正式宰杀鳗鱼，当了"执法官"。

尽管工作比较累，工作时间长，但苦有苦的回报。因为张东他们的鳗鱼经烧烤车间加工制熟后，包装成箱，都是出口日本及东南亚各国的特等食品，所以，公司效益特好。张东他们连奖金在内，每个月可领两千三百元左右。

日子很快到深秋了。这时节，"鳗联公司"出现了烦恼事：不知何故，从兄弟养殖场调运回来的鳗鱼，养在暂养池中，无缘故地大量死亡。这鳗鱼可是一种昂贵鱼类，生鱼一公斤就一百三十元钱呢，倘若大量地死去，损失可不小啊！公司领导就号召全体员工集思广益，寻找死鱼的原因。也许是大家真的没找到原因，或许认为，研究对策是公司领导的事，反正一周内，员工当中没有一个人有什么反应。

这一阵，张东一有时间就守在池边，认真观察、思考。几天后张东终于下定决心，提笔写了一份如何采取有效措施防止出现死鱼现象的建议书。他针对鱼池存在的问题提了五条建议：一、要保证水池的卫生，鱼池中水太脏，循环槽水流动太快，产生的水泡沫太多；二、水池拨水器安装不均匀，池水运动不平稳，因而对池中鱼的呼吸及休息造成了影响；三、定期彻底更换池水，消除水中杂质；四、助氧器白昼和夜晚开动时间区分开来，白天多开，夜里少开，太阳大时开大，太阳小时开小；五、派专人昼夜巡查鱼池。池中一经发现死鱼，立即清除掉，保持水的清洁程度，以防感染池中鱼群。

建议意见书写好，张东把它交到了总经理室。

次日，总经理派人找他去谈话。张东忐忑不安地走进总经理室，以为意见书上说得不对，惹恼了经理要当面批评他呢。谁知，总经理态度和蔼地请张东坐下，还给张东倒了一杯水，开口就说张东关心集体，精神可嘉，把他好好表扬了一顿。尽管总经理没有提到张东的建议书内容正确与否，但从总经理室出来，张东心里甜得还是像灌满了蜜糖。

下午六点钟，正是员工们到大饭厅吃饭的时间。张东与同一个班组的两位员工坐在一起，一边聊天一边进餐，冷不丁耳边响起了广播声。张东忙循声看去，这才发现总经理和生产主管站在餐厅前面。

总经理手握话筒说："各位员工，借用大家一点吃饭的时间，现在向各位员工宣布一件事情。什么事情呢？上一次，公司领导层发出了要求各位员工都来寻找、探索死鱼原因的号召之后，一连几天无人响应。昨天，终于出现了一位热心员工，他就是宰杀班的张东。他作为一个普通员工，关心集体，勤于思考，有为公司排忧解难的精神，无论他的意见正确与否，他的思想和行动都是值得大家学习的！经公司领导小组研究决定，奖励他三千元人民币。明天上午，请张东到办公室及时领取奖金……"总经理又说了什么话，张东都没再听进去，他只觉得自己被一种兴奋和欣喜包裹住了。

次日，张东兴冲冲地去领了奖金，刚回到车间，生产部的部长老刘又把他找去了。老刘说："小张，从明天开始，你就不用杀鱼了。"

张东吃了一惊："为什么？"

部长老刘："根据上面的提议，生产部已决定提升你为宰杀甲班的班长了。去准备一下，明天就拿出班长的气概来。好好干吧，别辜负了大家的期望。"

张东听老刘说完，啪地给他敬了个不太标准的军礼："我保证干出成绩来。"

一天，张东刚下班，宿舍走廊的公用电话响了，一个员工就大喊张东听电话。

张东一接电话，是家里打来的，说他母亲最近又摔了一跤，跌伤了半年前摔伤刚康复不久的胯骨，又要住院，让他寄些钱回去。张东说我先寄五千元，随后再想办法寄几千元。当天他就寄了五千元回去。可第二天他向几个工友借，大家都说不巧，前一阵寄回家了，慢慢帮他想办法，可三天后还没想出办法。他急得睡不好觉。这时，家里打电话说又收到五千元了，是他的工友文月儿寄的，要他谢谢人家。张东惊的半天才回过神来。可他找了几天，也没弄清文月儿是谁，只好在心里感激人家。

日子一晃就到年底了。公司为了慰劳管理干部们，利用元旦放假三天的时间，特别组织了海南岛冬日游。这天晚上，出游的汽车回到宾馆的大院里，车停稳后，张东下车正要回到房间，突然，一个女孩子拉了他一把，塞给他一样东西。他一看，是一封信。再看给信的人，是一个名叫小梅的成品部的组长。

"打开看看就会明白的。我是帮别人送的。"女孩子打着手势说。

张东拆开一看，竟是一封情书，后面的署名是"刘玉娟"。这刘玉娟不是人事助理小姐吗？张东不明白地看了一眼送信人，见她还站在旁边，他急忙把信看下去。

刘玉娟在信上说，自从见到张东进厂那天捡衣服抖掉灰尘的行动后，她就注意上他了，经过多半年时间的观察，她终于选定了可托终生的人，因为今天是她的生日，所以，在这个特殊的日子,她向张东抛来了绣球。

张东正读信,送信的小梅又说:"张东,有一句话我觉得不说心里不舒服,现在干脆就告诉你吧……"

其实,几月前张东向公司写了那封建议书交到总经理室,总经理收下后刚好有事要出去,出门时就嘱咐助理先看一下,如有价值再叫他回来处理。可是助理翻看了一下,认为是普通员工的胡言乱语,就顺手把它扔到了垃圾桶里。过了一会儿,刘玉娟来找总经理签字,见总经理不在,就坐了一会儿,突然无意间发现了垃圾桶中这份文件,就捡起来看,一看署名是张东,她就收起来,稍后,趁着助理去洗手间的机会,悄悄拿去放在了总经理的办公桌上。于是,才有总经理接见张东及以后的好事。

"啊?是这样?"张东听到这儿,心里一亮,忽然问:"那么,'文月儿'是刘玉娟的化名了?"

"是的。"小梅说。

原来,三个月前张东的母亲又发了病,急需一万元费用。张东凑不够住院钱,刘玉娟得知了这一消息,想到张东家里生活负担重,想再帮他一把。于是就寄了五千元给他家里。可张东就是找不到寄钱人"文月儿"是谁。现在,总算知道这个"会拆字"的好人了。

张东听了这些内情,禁不住心中一热,眼圈红了:像刘玉娟这样的好女孩,对他来说,真是上天赐给他的最珍贵的礼物!他能不答应吗?

张东说:"快走吧,我要见他……"他激动地让小梅带他向刘玉娟住的房间走去,他要给她过个有意义的生日……

我要跳槽

赵谦

揽了瓷器活，还得有金刚钻。虽然现在很多大学生不好找工作，但对林泽凯来说，则是工作在找他。

他是生物学硕士，更重要的是他有很强的创新能力，接二连三有新成果问世，为企业带来滚滚财源。他在一家合资企业本来干得不错，但是新来的老总对他不怎么信任，总是插手他的项目，使得工作无法展开，没办法只好辞职。

辞职消息刚一传出来，省城最大的生

物制剂厂金阳公司就找上门来,而另一家知名企业王胜公司也向他伸出了橄榄枝。比较一下,两家公司给的待遇都很优厚,数额也差不多。该到哪一家去呢?林泽凯一时拿不定主意,因为他吃尽了同事间钩心斗角的苦头,所以他告诫自己,这一次一定要慎重,否则,频繁跳槽,对自己的研究和事业都很不利。

与此同时,两家企业也加大了攻关力度。他们都志在必得。最后,林泽凯表示先不忙着敲定,而是先在每家企业各上一个月的班。当然,这不会触及各家公司的商业秘密,他提出就在基层做一般工作,从而感觉一下两家的氛围如何。两家公司都表示同意。

他先来到金阳公司。老总刘玉乐接待了他,又提出亲自陪同他在各部门走一走,好跟大家认识一下,却被林泽凯拒绝。林泽凯让刘玉乐随便给他安排了一个副主任的职务。

没想到上班第一天,就赶上有个同事要结婚,让他更加没有想到的是,老总会亲自参加婚礼,并做证婚人。婚礼办得圆满成功。后来这件事情,被登在了公司的内部刊物上。林泽凯翻阅历年来的刊物,发现每办完一件这样的事情,例如子女入学、家里老人去世的,公司都会张贴公布,广为宣传,并刊登在刊物上。这些措施激励着员工努力工作，爱厂如家，以此来回报公司的厚爱。

除此之外，林泽凯还发现公司对员工还是非常苛刻的。如制定了严格的考评制度；员工的工资都是保密的，谁也不准互相打听。

临近月末，老总刘玉乐给林泽凯发了一万元的工资。没想到林泽凯说："我现在还没有做多少贡献，不该领取这么多。等我的产品开发出来，你给我这些，我都嫌少呢。"说着就退还了一部分。

这下老总着急了，问道："难道你还没有决定要留下来吗？我的产品研发遇到了瓶颈，如果你愿意的话，我们现在就可以签合同。至于待遇，我们可以再商量。"

林泽凯笑着说："我还没有到王胜公司去感受一下呢，等我对比了之后，我们再谈吧。"

刘玉乐没有办法，只得说："那好吧，我们期待你加盟的好消息。"

林泽凯又来到了王胜公司，老总是个年轻人，名字就叫王胜。他接待了林泽凯，先是谈了公司的发展思路，然后感慨地说："我们现在急缺的就是你这样懂研发的高级人才。"但是任凭王胜怎么急切，林泽凯仍然按照先前的约定，要先干满一个月再说。

王胜叫他到人力资源部报到。在那里，工作人员先让他填了一个表格，上面有家庭情况介绍。"在这里工作，跟家庭有什么关系？"他嘟囔了一句。

工作人员笑着回答："这是我们的规定噢。"这还没完，又让他为自己的父母办一张银行卡。他感到莫名其妙，这么繁杂的程序，能留住人吗？难道是公司想以这种方式来防止他以后跳槽？要真是这样，说明这家公司太不地道了。

与第一家公司不同，王胜公司员工的工资是完全公开的，大家发多少钱，都是公开的。而且到了月末，除了公司给他开了工资之外，远在老家的父亲给他打来电话，说收到了公司寄来的三百元钱。他问同事这是怎么回事，同事解释说："这是公司给员工父母发的'孝工资'，已经发了好多年了。"

林泽凯一听很感兴趣，忙问："都是按照什么标准发的？"

同事说："这有两种标准，一是根据家庭实际情况，一是在工厂的服务年限。"

在跟老总王胜交流的时候，林泽凯谈起了所谓的"孝工资"。王胜说："所谓的'孝工资'，是公司按照一定标准给员工的父母发放的工资，是代替员工尽孝道的一种企业行为。该部分资金完全由公司独立承担，与员工工资待遇完全分开。'孝工资'是企业替员工表'孝心'，让员工工作得更'舒心'，让员工的父母更'放心'，也能让中华民族的传统美德在这里得到发扬光大，一举数得。"

林泽凯听了表示十分受教，当即与王胜公司签订了合同。

真实体验

赵谦

启动新项目

李晓健原先经营着一家饭店,但是因为位置不理想,只能是惨淡经营。老婆催促让他快换个新项目,他苦思冥想也不知道该做什么。不过后来朋友说的一件事倒提醒了他。原来那个朋友的父亲是一位刚刚退下来的企业工人,因为久在工厂,所以很不习惯离开岗位的生活,脾气暴躁、情绪低落,生活质量急剧下降。

李晓健开动脑筋,并查阅了大量的资

料，发现不少人都有这样的情况，突然离开原来的岗位多多少少会有些不适应，以致会影响健康。

"商机来了。"李晓健说干就干。他的饭店离城区不远，占地面积很大，建筑风格也是四合院式的，而且周围还有一个属于他的度假村。于是他把饭店的招牌去掉，重新设计装修，并在门口重新挂了一个大牌子，上面写着：颐年健康体验会所。会所的宗旨就是尽量给退休老人营造一个逼真的环境，让他继续体验工作时的感觉。这让很多人心动，来咨询的大多都是一些退休老人的子女，有人当场就交钱办理了"入会"手续。

有客自远方来

会所接纳的第一个客户是一名退休老厂长。老厂长情绪很不好，动不动就发脾气，看什么都不顺眼。老厂长的儿子和儿媳妇都忙着做生意，他们把父亲送过来，跟李晓健说："只要让老爸过得舒心健康，除了正常的会费，还会有额外的感谢。"李晓健说："你们放心吧，我们一定会让老爷子满意的。"

老厂长被领进一间非常大的豪华办公室，桌子上摆放着一杯刚沏好的浓茶和当天的报纸。老厂长在真皮椅子上坐下，刚拿起报纸来准备阅读，外面响起了敲门声。一个穿西服的年轻人走了进来，手里拿着一份文件，径直走到桌旁，毕恭毕敬地递上，说道："厂长，请您签个字。"老厂长接过来，稍一过目，就签上了自己的大名，然后非常惬意地继续看报纸，读简报。中午，来到餐厅，早就准备好了一桌非常可口的饭菜，大家在推杯换盏间对老厂长极尽奉承恭维之能事。老厂长高兴得合不上嘴，一个劲儿地夸奖这里的工作做得扎实。

晚上，老厂长的儿子从外地打来电话，对李晓健说老爷子非常满意，并商议了下一步如何做。

第二天一大早，老厂长刚坐下来，桌子上的电话就响了起来，秘书接起来，一听，冷汗就出来了，然后焦急地对老厂长说："北区一处生产场地出现了火灾事故！"

"乱弹琴！备车！"老厂长一声令下后，就马上出门。

门外，早有一辆豪华轿车在等候了。老厂长和秘书上车后，"七拐八绕"地就来到了事故现场，只见许多人正在抢修，一名自称总经理的人赶紧来汇报事故经过。老厂长将他劈头盖脸地训斥一顿，当得知事故没有造成人员伤亡时，老厂长这才放松了紧皱的眉头，指示要抓紧做好灾后员工抚慰工作，并对相关负责人进行了严厉惩处。

之后的几天里，又加了些新的项目，那就是娱乐方面的，比如打桥牌、打篮球什么的，并组织了几次短途旅游，让老厂长尽量松弛，以求慢慢过渡到退休状态。

以上这些，除了旅游是真正出去之外，其他项目都是在会所和度假村完成的，如果这期间需要一些开支花费的话，款项也都是由客户的家属暗中打到会所的账户上的。

名声大噪

这期间，又来了一个客户，姓张，曾是一名副总。面黄肌瘦，年纪不算很大，可步履已经有些蹒跚。他女儿见到李晓健，有点不好意思地说："我爸爸现在之所以很着急上火，是因为退休之前本来'转正'的希望非常大，但是没想到被别人顶了。你看看能否在这上面做做文章，让他高兴起来。"李晓健心领神会，表示没有问题。

张副总先被领进一个下属单位。早有几十个人在列队恭候，大家鼓掌欢迎，并高喊"热烈欢迎领导莅临指导"之类的话，紧接着是几声炮响，还有气球升空。天哪，这不就是欢迎一把手的阵势吗？以前自己下来检查工作时，顶多就是挂个欢迎条幅而已。张总下意识地直了直身子，挺了挺胸脯，满面春风，一扫往日的失落情绪。

接下来，张总被安排讲话。早有秘书送过来一个讲话稿。他讲得行云流水，并加有自己的临时发挥内容，真是滔滔不绝，令人折服，台下的欢呼声此起彼伏。回到"公司"，他被领到一间挂着"总经理"牌子的大办公室。

在家里，连续几个晚上，他都要接待几拨客人，这在以前是从来没有过的。张总吃饭多了，生活也规律了，脸上慢慢红润起来。

会所也一下子名声大噪了起来，有时一天就要来十多个客户。其中有个姓严的女士很特别，她是由女儿和女婿送来的，不过一看气质和打扮就不像做过领导的。看着李晓健疑惑的目光，她女儿把他叫到一边介绍道："我爸爸从公司领导层的位子上退下来后跟着我哥出国了，可是我妈妈不愿意去。她原先经营着一个百货店，生意兴隆，可是现在呢，只能用门可罗雀来形容，为此我妈妈伤透了心。劝她关门吧，她执意不肯，这不，茶饭不思，人也消瘦了很多，还生了一场大病。在医院里住了半个月，我们就瞒着她把商店给卖了，可是我们很担心，怕她知道了真相，会受不了的。其实我们根本不在乎挣钱多少，也不缺那个钱。你一定想办法让老人家高兴起来。"

李晓健略一沉思，让他们办了入会手续。不过他们办的不是全天，而是白天在会所体验，晚上回家去住，类似于幼儿园里的"半托"。

李晓健让人立即布置了个商店，里面摆满了各种高档的烟酒和日用品。服务员把严女士领进了商店。严女士一下子来了精神，她在店里左顾右盼，这时候，门口来了一辆小汽车，从里面下来两个人，大声喊道："严阿姨，我们要五条大中华，十瓶茅台。"严女士这才高兴起来，干净利落地取出货。下午又来了一拨人，照样是买东买西，生意又做起来了，严女士两眼放光，甭提多高兴了。

没有多久，严女士身体就恢复得很好了，人也年轻了很多。女儿和女婿都很满意。

震惊之举

这天,来了一个外地的李姓退休工程师,被子女送来的时候,满头白发,还胡言乱语。他的孩子们说老人家已经三天没有吃东西了,送进医院又偷偷跑了出来。没有办法,听人介绍后就抱着一线希望来到了这里,希望李晓健能全力帮忙。李晓健连忙摇头叹息,说老爷子这种情况已经很严重了,难恢复。但经不住他们的一再请求,他最后开出来个不菲的价码。孩子们二话没说就去办好了手续。

李晓健亲自上阵,制定科学的计划,并用以往的经验,先让他到"各地"视察一番,逐步恢复到正常的生活状态。一周后,当孩子们再来看他时,老人家已经是红光满面,笑逐颜开了。他们对李晓健竖起了大拇指,谢了又谢。

与其他人不同的是,这个李姓工程师电脑用得很熟练,平时上上网、画画图。他经常把自己关在办公室里,一待就是大半天。

这天下午,他在办公室里大声问道:"近期怎么这么清静?

没有来谈工程的吗？"

秘书赶紧推门进去，嗫嚅着不知该如何回答。秘书立即将这件事情反映给李晓健，李晓健哈哈一笑，说道："那就给他找点事情干。"于是专门拟定了计划书，交给下属去办。

傍晚的时候，秘书敲开李工程师的门，很焦急地汇报道："前几天，公司有个棘手的工程，难以开发，很多人都撂了挑子。马上就要到截止日期了，您要不要看看？"

李姓工程师马上严肃起来，说："这不是瞎胡闹吗？赶快把项目文件拿来给我看！"

秘书吓得伸了伸舌头。

几天后的早上，李晓健让几个工作人员装扮成项目合作人，来到指定地点，手里都拿着材料，非常逼真。一会儿，李姓工程师来到现场，忙着跟大家解释，并将自己前几天画的草图给他们看。

"甲方"看过李工程师的图后都很满意，大约洽谈了半个小时。呼的一声桌边一根木棍倒下，正好砸到李工程师的头部，他立刻就倒下了，地上流了很多血。这时已经有人打了紧急求助电话，不一会儿，120急救车开来把人救走了。

李晓健看看病床上的李工程师，自言自语道："还好只是擦破点皮，不然麻烦可就大了。"

李晓健深感后怕。他打电话把李工程师的儿子喊过来，并表示歉意。

小伙子看老爷子没啥事，而且听语气，他在这里待着蛮开心，就赶紧说："李老板，以后安保工作多多上心就行。"

李晓健很懊恼，嘱咐手下以后要重视设施安全检查，不能敷衍了事，让退休老人们在这里能安全舒心地去"真实体验"。

"富二代"的致富路

赵谦

刘孜原是个"富二代",他爸爸刘一祯开了家很大的工厂,生产"飞驰"牌农用车,每日忙得不可开交,很需要有个帮手。但是刘孜原很不争气,他高考落榜,只能去上个技术学校学些技术。于是他爸爸给他找了个比较有名的技校。

一开始还行,但是半年以后,刘孜原就露出了庐山真面目,接连打了几次架。最后这一次还是刘孜原的爸爸亲自去处理的,因为刘孜原把同学的头给打破了,缝了几十针,差点出了人命。赔偿完后,学校就让刘孜原办理了退学手续。

在路上,刘孜原一个劲儿地跟爸爸道歉,说以后一定改,这真的是最后一次了。他爸爸说,你这话糊弄了我十几年了,耳朵已经磨出老茧来了。听爸爸的口气,刘孜原这才意识到这回真完了,回家肯定没有好果子吃,要不是车速快,他都想跳车,然后逃之夭夭。

但奇怪的是,回到家里,爸爸没有像以前那样把他暴打一顿,而是根本没有理会他。那晚,他听到爸爸和妈妈几乎吵了整整一个晚上,都是相互指责。爸爸说这孩子没救了,妈妈恳求再给他一次机会。刘孜原把头缩进被子里,连大气都不敢出。在他的记忆里,这是父母第一次这么激烈地争吵。第二天,妈妈从卧室里出来的时候,眼睛红肿得厉害,不用说,她哭了一晚上。不一会儿,爸爸也出来了,刘孜原吓得赶紧退回自己的屋里。

后来,他战战兢兢地走出来,站在客厅里一动不动。"我错了。"他小声说。

爸爸打断他的话说:"不,是我错了。"爸爸的声音不大,但是却像惊雷,差点把他击倒。"是我对你太纵容了,太溺爱了。你或许也听见了,昨晚我跟你妈争吵的全是关于你的前途问题。我的意见是从今往后,每月给你两千块钱,但是不能踏进厂子里半步,就在家里好好待着。可是你妈妈非要你到厂子里去锻炼锻炼。像你这样的,还有锻炼的必要吗?"

说这些话的时候,妈妈在一旁抽泣着。刘孜原赶紧走过去用纸巾帮妈妈擦眼泪。

"我要到厂子里去干活,"刘孜原声音大了些,"我不想再混下去了。"

听了他这句话,妈妈也停止抽泣,再次帮着他求情。

爸爸沉默了好大一会儿,一字一顿地说:"你回老家吧!"父亲的话里充满了威严,没有半点讨价还价的余地。妈妈还想说些什么,爸爸已经打电话给司机,根本不理会她。想了想,爸爸又说:"如果你能在一年的时间里,靠自己的本事挣够两万块钱,再回来跟我说吧。否则,一切免谈。"说完就找出来一张白纸,拟了一份合同。刘孜原去找印泥,回来的时候却惊讶得张大了嘴巴,爸爸已经咬破了手指,按上了手印。他也只得乖乖地在上面按了手印。"做不到的话,你该干啥就干啥去，别来烦我！"爸爸临走留下的这句话，让他彻底掉进了冰窟里。

"妈妈，你说怎么办？我不想回老家。"刘孜原哀求道。

妈妈擦着眼睛说："看来只有这个办法了，我真帮不上你了，你爸爸的脾气你是知道的。"

爸爸说到做到，一个小时后，司机就来接他了。妈妈偷偷把两千块钱塞进了他手里。

他被送到了老家的堂叔那里。堂叔已经知道他要来了，给他安排了住所，然后领着他来到山后，指着一块地说："这是一亩地，你种半亩，我种半亩。半年后，看谁的产量高。"

"那种什么？"他问。

"这些地最适合种花生，种子我都已经准备好了。你的运气不错，上星期我已经耕过了，否则光是耕地就能把你累个半死。"

堂叔手把手教他如何撒种，如何浇水，如何填埋。半亩地整整种了一星期，把他累得腰酸腿疼。每次在他要放弃时，爸爸的电话就会及时打来，告诉他要是现在后悔还来得及，他都是把牙一咬,说不后悔。乡村的生活是枯燥的。电视就那几个频道,找不到几个自己爱看的节目,让人抓狂。年轻人要么出去上学,要么出去打工,根本找不到合适的人陪他玩。好在手机能够上网,他每日就靠玩手机打发日子。

"该到地里去拔草了。"堂叔提醒他。

他说:"前几天刚去地里看过,没有草。"

堂叔说:"那是雨前,这刚刚下过雨,草会疯长的。"

他连头都没有抬,说没有这么神奇,再等几天吧。两个星期后,堂叔拽着他来到花生地里,他几乎不敢相信自己的眼睛,以为走错地方了。以前是花生地里长了几棵草而已,现在却是草地里长了一些花生苗。花生苗一棵一棵蜷缩在草的下面,可怜兮兮地看着他,等着他救命。再看看堂叔的地里,连一棵草都没有。

堂叔教训道:"看什么看,要是听我的话,早来几天,这草就长不起来了!"

"那该怎么办?"他向堂叔求救。

"还能有什么办法,只能除草。"堂叔说着递过来了工具。

一开始,他根本锄不到草,倒是连着锄掉了好几棵花生苗。

堂叔心疼不已，教给他该怎么下锄。没干多久，他就大汗淋漓，直喊受不了。堂叔说："受不了也得受，否则花生就被草给吃掉了，连一斤花生也收不到。"堂叔连逼带哄，陪着他干了好几天，才把草锄干净。草地终于变成了花生地。以后他再也不敢偷懒了，只要下过雨，就来锄草。

"如果丰收了的话，我这块地能挣到多少钱啊？"他问堂叔。

可堂叔的一句话让他心里拔凉拔凉的。

堂叔说："怎么也得挣一千块钱吧。"

辛苦半年，只挣一千块钱？他原以为这么多花生，怎么也得挣上万块呢。堂叔说农村里日子不好过，辛辛苦苦一年，收入却少得可怜。"要想完成你爸爸交给你的任务，只能再找找别的门路了。"堂叔向他建议。

可是该干什么好呢？他在村里转了好几圈。村子倒是蛮大的，但是几乎没有什么资源，农闲的时候，村民们只做一件事，那就是编竹编，具体有竹筐和竹篮等，这些东西在村民家里挂得到处都是。可是他问过了，这些竹编不仅销路不好，而且价格奇低。"叔，要不您把我拉到市场上卖钱吧，反正我是没有办法了。"

"你帮我们把这些竹筐和竹篮销出去，不就赚钱了吗？"堂叔说。他眼前一亮，对呀，自己的一个同学家里就开有超市，要是能把货放进去，说不定就能赚钱呢。说干就干，他连忙打电话给同学。同学说可以先看看货。于是他把照片发过去，一会儿同学就回话了，说这么粗老笨重的东西在城里根本卖不动，并建议他弄些精致的，如水果盘、小菜篮这些东西，在城市的家庭还是很受欢迎的。他让同学发来了这些小产品的照片，然后指导村民编制，效果还真不错。但是过了一段时间，同学打来电话说，这些东西卖不上去价格，原因是做这个的太多了，要想多挣钱只能干别人没有干过的。

有一天，刘孜原看一部谍战片，发现电影里有一种暖水瓶，外面的壳是用竹条编制的，这种老式的东西现在见不到了。他突发奇想，这种外壳价格低廉还环保，要是做出来，说不定还大受欢迎呢。他问堂叔这种东西村民能不能编。堂叔看了看，说村里有个老艺人，以前编过各种各样的工艺品，说不定他会呢。于是他们去找那位老艺人。老艺人说自己以前就靠编这个吃饭呢。刘孜原非常欣喜，他请这位老艺人出山，先弄了十多个样品发到同学家的超市，效果竟然出奇好，很快被抢光。老艺人手把手教会了大家。刘孜原想跟厂家合作，厂家负责供应暖瓶胆，他负责竹壳。后来他改变了想法，从厂家批发了暖瓶胆，然后自己装上村民们编的竹子外壳，这样利润就增加了很多。不仅好几家超市给他打电话要货，连酒店、饭馆、影视基地都纷纷前来洽谈生意。

花生还没有收获，他已经赚了三万多块钱。他留出自己的两万块，把剩下的都给村民们发了福利。村民一个个向他竖起了大拇指。堂叔外出了，他跑到地里把草又认认真真地锄了一遍，然后打电话说："叔，这些花生都归你了，谢谢你教给了我很多。"然后就坐公共汽车回城里了。

刘孜原像个打了胜仗凯旋的将军，把这些钱放在父亲面前，然后拿出合同，让父亲给他安排工作。父亲十分忧愁地说："我们的新产品刚刚上市，但是因为竞争激烈，效果不理想。这样吧，我给你三个月的时间，你只要卖掉十辆农用车，就可以做销售经理的助理。"

刘孜原想了想说道："这样吧，我用这两万块钱先自己买几辆车，三个月，我保证卖掉二十辆车。"

父亲吃惊地看着他，劝道："可不能说大话，这也是要签合同的。"签就签，他二话没说，就办好了所有的手续。

他让人把买下的几辆车运回老家，给了堂叔一辆，剩下的几辆给了另外几名村民。他没有像其他厂家那样在农用车上挂个大牌子，安上高音喇叭来来回回做广告，只是让堂叔他们每天开着车免费帮缺少劳动力的家庭干农活，每个村帮十户，一个月的时间就把全镇的困难户帮完了。华丽的车身、先进的性能很快就在村民们的口耳相传中家喻户晓了，"飞驰"的牌子也深入人心了。两个月没到，就卖掉了三十多辆，一下挣了十几万。刘孜原也顺利走进了父亲的工厂。

上班的头一天，爸爸让他坐在讲台上给新来的员工讲课。他给大家讲了自己的亲身经历，他讲道："就拿给花生除草这件事来说吧，人生真的不能等，地荒了，耽误一茬庄稼，人要是荒废了，这辈子可就缩水了。"提到卖竹编暖水瓶外壳和卖车的事情，他更是充满了自豪，说："只要肯动脑筋，认真观察，处处有机会。"

看着儿子的成就，刘一祯对妻子说："看来当初你是对的。"

妻子说:"孩子总是能够管教好的,以前我们是方法不对,要么暴打,要么无原则地进行表扬。当着他的面表扬或者批评不见效果的时候,换个方式就有了奇效。"

今天咱吃啥

赵谦

分到新任务

接连着上完两节课,张汉山刚走出教室,就被校长王玉兴叫了过去。

张汉山急忙问:"校长,县里的会议对我的课什么评价啊?"

王玉兴把几张照片丢在桌子上,说道:"好着呢,都快成新闻焦点了。"

张汉山拿起来一瞧,都是自己讲课时的照片,边看边笑:"焦点啥啊,当时忘梳头了。"

王玉兴却很生气,用手指着照片说道:"别臭美了,看看你干的好事!"

张汉山反复看也没看出啥。

王玉兴又接着说:"我说你傻啊,为什么要用板凳画直线?你自己做的尺子呢?"

"原来是为这个啊。"张汉山笑了笑说,"头两天我上完课,把尺子放在教室门口,正好赶上二牛婶家里的牛惊了,她也不管三七二十一就把尺子拿去赶牛了。我到她家里要了两回,都是锁着门。"

"我不信你不用东西就画不好直线!"

一听这话,张汉山急了,埋怨道:"那些人来听课,也不事先打招呼,呼啦啦就来了一大帮坐在教室里,还有照相的,谁不紧张啊?你别说,也幸亏我急中生智,拿起前面的一条板凳当尺子。"

王玉兴沉默了下来,他也不好明说,其实这次县里搞突击听课,跟晋升职称有关,正因为这件事情,让张汉山盼望多年的职称泡汤了。他们俩共事了几十年,也拌了几十年的嘴，每次都是王玉兴缴械投降了事，否则张汉山非得论出个一二三来。这次也不例外，张汉山还准备再发牢骚时，王校长就收拾起照片，说道："其实也没啥，我不就是怕板凳太重，滑下来砸着你的脚吗？我让村里的刘木匠给咱再做几把像样的尺子。"

张汉山站起来就要走。王玉兴把他拉住，说："还有一件事要跟你商量。"

"什么事你赶紧说，我还得去批改作业呢。"

王玉兴说："上面把学生这学期的伙食费拨下来了。"

张汉山一愣："早就该拨下来了，一直等了这么久。"

王玉兴郑重地说："经过慎重考虑，我决定这学期让你给孩子们做饭。"

张汉山马上说："你慎重个啥啊。我的情况你又不是不知道，孩子在县城上学，今年就高考了，老婆在外地伺候她老娘。一句话，我不合适。"

王玉兴问："那你说谁合适啊？"

张汉山说："我看你最合适。"

王玉兴也不跟他着急，耐心解释："我们学校就四个人，冉老师年龄最大，肯定不行。我住在岭上，老李住在岭下，都很远，就你离学校最近。你今年五十二岁，年龄也最小。再说你妻子不在家，一个人连饭也懒得做，还不如跟学生一块呢。"

但是任凭王玉兴磨破嘴皮子，张汉山就是不愿意。他明白给学生做饭可不是闹着玩的，别看只有中午一顿饭，操心费劲那不值得一提，可是这责任大着呢。

王玉兴只好说："要不咱抓阄吧。"

张汉山只好同意，王玉兴就召开了学校全体教师紧急会议，宣布了上述决定。张汉山一点都不紧张，他教数学，一下就算出了百分之二十五的概率。可是没想到，还是让他给抓到了。看他一脸的愁苦，大家就起哄说："买彩票去吧，肯定中奖。"

王校长说："上级决定，从这学期起，在食堂兼职的老师也可以跟学生一样，每天享受三块钱的补助。周末除外。"

张汉山大声说："你们有愿意干的吗？我让出来。"

大家笑着说："你再贴给一块我们也不干。"

等另外两个老师走后，张汉山对王玉兴说："我怀疑你做手脚了。"

王玉兴两手一摊，把阄往他面前一摆，说："你查吧。"

张汉山也没有真查，只是说："我就纳闷了，咱俩这几十年了，怎么啥好事都轮不上我呢？包括你这校长的位子，那时上级都跟我谈话了，可是一查，我竟然比你晚转正一年。"

王玉兴笑呵呵地说："那都什么年头的事情了，你唠叨多少遍了。"并悄悄地把那几个纸团放进了抽屉里。然后他对张汉山说了很多注意事项。

张汉山说了自己的条件："我也不随孩子们一块吃，至于补助，就按每天两块给我吧，剩下的一块，我每天随孩子们喝一袋奶。"

王玉兴想了想，就同意了。

中毒事件

张汉山可够忙的了，他把自己的课都调到了前两节。上完课后就跑进教室旁边的小厨房里忙活。按照上级给定的食谱，学生每人每天一个鸡蛋、两个馒头、一碗菜、一袋奶，这些都由镇上的批发点给送货。按说张汉山只管煮鸡蛋、炒菜就行，但是他又擅自加熬了一锅玉米粥。

有孩子问："老师，你怎么拿自家的玉米面给我们喝啊。"

张汉山说："你们可不能白喝，等秋天让爸爸妈妈来帮我收割玉米。"

一个小女孩认真地说:"我爸爸会杀猪,要不把你家里的猪给我们吃吧。"

张汉山做了个打人的手势,说道:"吃了猪肉会变成猪脑袋,怎么上大学啊?"

小女孩也不怕他,伸伸舌头,做了个鬼脸。

这天下午上课前,王玉兴来通知张汉山开会。张汉山正在打扫食堂,王玉兴也没跟他说话,因为他看见张汉山嘴里正嚼着鸡蛋呢。

会上,王玉兴把重要的事情讲完后,又补充了一点内容:"我们某些老师,一定要行得端做得正……"他越说越气,最后大声嚷道,"不抢吃学生那个鸡蛋会饿死你啊。"

张汉山哗的一声就站起来了:"你说谁呢?今天你讲明白,谁抢吃学生的鸡蛋了,别指桑骂槐的!"

王玉兴仍然铁青着脸,坐在那里不说话。

张汉山说:"刚才打扫卫生的时候,看见板凳下面有个鸡蛋黄,怕浪费,我就拾起来吃了,这还需要向你汇报啊。"

王玉兴也不示弱:"不会这么简单吧。"然后就拿下墙上的哨子使劲儿吹起来，学生们争先恐后地跑出教室。

全校三十多个孩子站成三排等着校长训话。

王玉兴大声地问："今天谁没领到鸡蛋？"

没有学生举手。

张汉山过来用膀子把王玉兴撞到一边，问："今天谁没吃到鸡蛋？"

还是没人举手。

他又大声问："今天谁没有吃到鸡蛋黄？"

一个小女孩怯生生地举起手，小声说："我把鸡蛋清吃了，本想把鸡蛋黄藏起来拿回家给妹妹吃，这……这才发现衣兜破了。"

张汉山挑衅地看着王玉兴，王玉兴没有理他，过了一会儿才说道："不对，怎么少了个学生？"站在一旁的冉老师说辛晓武请假了。"那他的鸡蛋呢？"王玉兴质问。本想唬住张汉山。

但是张汉山却问："今天哪个同学说要把辛晓武的鸡蛋捎回去啊？"

"是我，在这里呢。"一个同学说着就举起了手里的鸡蛋。

王玉兴脸色越来越难看，只好回屋了，临走撂下一句话："这也不行，以后捡了东西要，要交公！"

要不是其他老师拉着，张汉山非要把王玉兴的门踹烂，然后跟他拼个明白。

一个月过去了，孩子们的营养跟上了，一个个的小脸上红润多了，上课打瞌睡的也少了。可张汉山却出事了。

中午放学后，王玉兴刚回到家里，就有一个村民气喘吁吁地跑来说张老师中毒了。王玉兴骑上自行车就往学校赶，看见张汉山正斜坐在食堂门口，脸色蜡黄。"你没事吧？"

张汉山有气无力地说："没事，死不了，就是上吐下泻，一定是喝牛奶中毒了。"

"你说什么？"王玉兴急眼了，再往里头看，学生们一个个啃着大馒头吃得正带劲呢，每个人面前竟然还有一个苹果。

"孩子们肯定没事，我没让他们喝牛奶。"张汉山说。

王玉兴这才心里一块石头落了地。他叫了个村民临时来照看孩子们吃饭，然后找了辆车把张汉山送到镇卫生院。镇长也来了。王玉兴把几包牛奶递给镇长，镇长让人拿着到县里去化验。结果很快出来了，果真是牛奶有问题。

王玉兴后怕地对张汉山说："幸亏没让孩子们喝，否则就出大事了，给你记特等功都不为过啊。"

张汉山笑着说："有我这个试验田，孩子们能不安全吗。"

王玉山在他胸口砸了一锤，说："原来你每天喝包奶就是为了这个啊！"

"你明白就行，牛奶是最薄弱的一个环节，尤其是天热了，更容易出问题。"

王玉兴问："那苹果是怎么回事啊？"

张汉山笑笑说："到县城去看儿子时捎回来的，让娃娃们每周吃上一个，不是更有营养吗？"

王玉兴说："每天补助你的两块钱就这样被你折腾干净了吧，本来是想让你多份收入的。"

后来换了牛奶供应商，此事也算得到圆满解决。

招待记者

五一了，岭上已经是树绿花红。张汉山自己种的小菜园也疯长，他可以给孩子们多加几道菜。

这天上午，王玉兴看见两个穿西装的人在校园里转悠，已经好长时间了。当这两个人拿着脖子上的相机拍照的时候，他心里有谱了。于是他把张汉山叫过来，问他家里养活的那几只鸡多大了。张汉山说："马上就要下蛋了。"

王玉兴把手一拍，说："太好了，赶紧弄两只来宰了。"

"你疯了？还不如把我宰了呢！"张汉山叫道。

王玉兴问："宰你，能炖出鸡肉来？"然后用手一指外边的两个人，说，"知道他们是干什么的吗？"

张汉山不解地问："是干什么的？"

王玉兴说："那是记者。"

这倒把张汉山吓了一跳。王玉兴说："记者来咱这里，肯定是写报道的，要是把咱们学校现如今的困难写了发在报纸上，办学条件就会大大改善，你信不？"

张汉山赶紧回家准备去了，后面传来王玉兴的话："一定要宰两只啊。"

王玉兴跑过去搭讪："请问二位是记者吧？"

两个人这才停止了照相，先怔了一下，然后才点点头，问："你是谁？"

王玉兴回答说："我是这里的校长。"然后他毕恭毕敬地把两位记者请进办公室，三个人亲切地攀谈起来。

这边，张汉山已经麻利地杀好了鸡。不一会儿，满校园里就飘起了诱人的香味。孩子们一个个从窗户里伸出小脑袋，贪婪地闻起来。老师和他们讲过今天中午有重要客人，一定遵守纪律，好好表现。

吃饭时间到了，王玉兴把两位记者领进食堂。孩子们已经列队欢迎了，并大声叫"叔叔好"。两位记者高兴地跟他们打招呼，然后在一张大桌子旁边坐下。桌子上已经摆上了几道青菜、两盘鸡蛋，还有一个主菜：满满一大盆鸡肉。尽管有言在先，但孩子们还是禁不住往这上面瞄。

张汉山过来告诉他们不准看，然后说："今天我们的鸡蛋不够吃了，大家互相分一分，等我家的鸡下了蛋，会补给你们的，今天我给你们做了鸡汤泡馍，大家一定好好吃噢。"孩子们都懂事地点点头，坐在小桌子上老老实实地吃饭。

王玉兴拿来两瓶酒，几个人喝了起来。两位记者起初不怎么喝，张汉山就说："没事没事，我们四个人喝两瓶酒，不多的。"

记者这才放开了量。等喝得差不多了，王玉兴就说："记者同志，要是不信，就请看看孩子们用的学习用品吧。"

记者说不用了，这里的孩子确实挺苦的。一个记者见几个孩子在合吃一个鸡蛋，这才发觉他们的鸡蛋都放自己桌子上了，于是不好意思地要放回去，却被王玉兴拦住了："记者同志，这就见外了，我们也没啥招待的。咱没有别的要求，就是希望你们在省报上报道一下我们这里的实际情况，一来能改善我们的办学条件，二来能把我们校园的围墙建起来。"这时张汉山把一个女孩领了过来，对记者说："我们全校同学的铅笔盒几乎都是这个孩子送的。"

记者一愣，不明就里。张汉山说："她爸爸一直生病，她就把盛针药的纸盒子留下来分给同学们。孩子们的书包没有一个是买的，都是他们的妈妈用布自己缝制的。"

看着一个个衣衫褴褛的孩子，两位记者大为感慨，取下相机，一阵猛拍。

记者走后，王玉兴几乎天天都坐在电话旁边，可是根本没有接到一个捐助电话。眼看六一儿童节临近了，张汉山一天几次过来催问："要是这事办不成，你就赔我两只鸡。"

两个人急得抓耳挠腮。

这天,王玉兴高兴地说邮局里送来一个大包裹。全校老师集合在一块,王玉兴小心翼翼地打开,里面是一堆铅笔盒,还有不少笔。上面还放着一封信。

王玉兴拿起来一念,傻了。原来,这两个人根本不是什么记者,而是两个小偷,那天他们是来踩点的,准备偷二牛婶家的两头大黄牛,没想到被当成了记者。但是通过那顿饭,了解到孩子们的困难,他们竟然被感动得一塌糊涂,所以寄来了这些礼物。

张汉山经过快速计算,这些东西的价格绝对高过两只鸡,也就坦然了。

不过,看着王玉兴痛苦的样子,张汉山说:"你是教语文的,把这个事情写一写。"

王玉兴说:"写这干啥啊?没用。"

张汉山执意说:"我们可以作为一个教训。"

于是,王玉兴就把这件事写了下来,张汉山还拿走了自己讲课时的照片。

到了星期一,张汉山对王玉兴说:"你哪里也别去,就守着电话。我就不信，连小偷都能感动，难道还感动不了其他人？"弄得王玉兴莫名其妙的。

不过就在离儿童节还有三天的时候，王玉兴桌子上的电话就丁零丁零响个没完，全是要求捐赠的。还有不少爱心人士来跟孩子们一起过节。同学们的学习用品和老师的办公用品基本上解决了。

他问张汉山怎么回事。张汉山只好坦白，说周末到县城看儿子的时候，让儿子想想办法，儿子就领他进了网吧，把王玉兴那篇文章，还有自己讲课时用板凳画直线的照片发在了网上，引起了很多人的关注，他们纷纷伸出援助之手，没想到效果会这么好。

儿童节这天，校园里充满了欢乐的气氛，很多学生连自己的弟弟妹妹们也带来，甚至孩子们的爷爷奶奶也来了不少。孩子们穿戴整齐，胸前飘扬着鲜艳的红领巾。他们先表演节目，然后敲锣打鼓，吹吹打打的，好不热闹。王玉兴发表了热情洋溢的讲话，接下来就给孩子们分发了礼物。

准备交班

夏天的夜晚很燥热。担任护校任务的张汉山就拿着席子来学校的房顶上纳凉。

没多久,王玉兴竟然也来跟他做伴,他们东拉西扯了很多。

"你想当校长不?"王玉兴冷不丁地问。

张汉山说:"怎么不想啊,就你这水平都当了这么多年,我要是不当,多浪费人才。你连个教育经费都要不来,早该下台了。"

王玉兴也不生气,说:"上边真决定了,我下你上。"

张汉山一下坐起来,说:"别开玩笑了。"

王玉兴没有搭理他,而是继续说:"上任后,你一定要顶住压力,就用现在的供应商。"

张汉山说:"是啊,这个供货商比较忠厚守信,无论数量还是质量都比以前的好多了。不过你千万别把这个摊子甩给我啊,让我多活几年吧!"

其实张汉山不知道,本来是要从外面另调一名校长来,同时把王玉兴调走。可是他舍不得离开这个地方，于是找到县教育局领导，极力推荐张汉山，因为他知道能顶住压力的也只有张汉山了。

张汉山问："我当了校长你能听我的命令不？"

王玉兴回答道："你做对了就听，你要是错了就跟你干仗。"

他有节奏地摇着蒲扇，一会儿就睡着了。凉风袭来时，还夹杂着露珠儿的味道，不远处，传来蛙声一片。

少说了一句话

赵谦

小邓在公司里人缘不错，业务能力很强，加上聪明能干，业绩提升很快。可就是爱发点牢骚，对什么事情看不惯了，就评头论足，弄得领导很不高兴，警告了他好几次。

可是他这么"好使"的一张嘴，却在关键时候掉链子了，有话竟然说不出，结果就酿成了大错。事情还得从这次的一项重要活动说起。

周四，公司接到上级的电话，让他们

选调一批员工周五到市里参加一个重要会议。上级要求很严，一再强调，不能迟到，更不能请假。如有违反者，轻则扣工资和奖金，重则可能要受到处分。考虑到实际情况，领导决定，公司会在第二天一大早派车去送，并让需要坐车的人报名。但下午回来的时候，因为大家可能要购物，走不到一起，所以就不派车去接了，自己想办法解决归途问题。

小邓就开始发牢骚说："这不是难为人吗？要是航天员的话，只管发送，不管接回，这能行吗？哪有这么不讲理的啊！"几个小伙子随声附和，说："是啊，真不知道领导们是怎么想的。"一直到下班，小邓也没有说坐车还是不坐车。可是部门领导王部长以为他要坐车呢。

第二天一大早，小邓决定自己开车去参加会议，他先来到一个小吃摊，要了一碗豆腐脑。豆腐脑在保温桶里刚舀出来，很烫，小邓就又要了半斤油条，边吃边小口喝。夏天的太阳出来得早，小邓掏出手机来看看几点了，他的手机屏幕本来就有点不清楚，被阳光一照，反光得更看不清了，把6点20分看成6点50分了，他心里一惊，来不及了，于是丢下豆腐脑和油条，就匆忙出发了。

100

刚走到半路,他就接到了王部长的电话,问他到哪儿了。他赶紧回答:"快了,快了。"于是狠踩油门。

又过了半个小时,王部长又来电话了,说:"小邓啊,你快点好不好啊?我们可都在等你,眼看迟到了啊。"

他忙说:"马上就到,马上就到……"心里想,这下可麻烦了,说不定大家都已经进会议室了,头一次参加集体活动就迟到,看来这月的奖金是泡汤了。

可是等来到公司总部的门口,看见其他单位的人三三两两地才来,都是一副不慌不忙、不急不躁的样子。这是怎么回事呢?他刚把车停好,王部长的第三次电话来了:"小邓,再不来的话,我们可要走了啊。"

他这才反应过来,原来一车人还在单位等着他啊,于是忙说:"我没有说要坐车啊,你们等我干什么?"

王部长一听,忙问了一句:"你现在到哪里了?"

他说:"我已经到市里了,正在进会场呢。"

王部长嘟囔了一句:"你这下可把我们害死了,看回来后怎么收拾你。"

他掏出手机来看时间，现在已经是7点半了，离开会时间还剩半小时，即使他们插上翅膀也难按时到达，心想：王部长啊王部长，打电话的时候，你怎么就不多问我一句是否坐车呢？而自己也少说了一句话啊。这可怎么办啊？他欲哭无泪。

这个周末，他都是在忐忑不安中度过的。他想了好几种可能性，唯独没有想到自己会被开除。周一，刚到单位，他就从同事那里听见了消息，一车人集体迟到，他们单位被总部通报批评，董事长被罚写检讨，还要扣奖金。他还没有把座位坐热乎，王部长就来告诉他："哥们儿，你的错误不是我这个级别能处理得了的，希望你能挺住。"然后埋怨道，"你怎么就少说那一句话呢？"

小邓反问："你不是也少问我了一句吗？"

这时桌子上的电话响了，董事长让他去一趟。

小邓迈着沉重的步伐，来到董事长办公室，董事长已经气得连火也发不出来了，以非常少见的语气让他去财务部结算工资，然后该往哪儿去就往哪儿去。

从那张变了形的脸上，他能理解董事长此时的内心深处应当是巨浪翻腾。明明知道此时多说上一句话，就会换来领导的"惊涛骇浪",但他还是张开了嘴:"我的责任我来负,但是我还想给我们公司做点贡献……"

没想到这句话把董事长逗笑了,但却笑得让人害怕。"做贡献?你这次的贡献可真不小,我们公司从来没有像今天这样出名过。"

小邓张张嘴,还想说什么,但是想想还是算了吧,于是就老老实实地去结算工资。不过要是董事长知道后面发生的事情的话,他就会为自己这句话后悔大半辈子的。

两天后,有个客户来到公司签署协议。董事长一看,我的天哪,这可是一笔两千万的大单子啊。董事长知道,在目前经济不景气的情况下,这笔生意要是谈成的话,名利双收的。他高兴得不得了。可是客户张口就找小邓,说他是小邓爸爸的朋友,前期是小邓跟他谈的这个项目。董事长很震惊,赶紧让王部长打电话给小邓,但是小邓原来的手机号码已成空号。"那怎么办?"董事长很着急。

王部长遗憾地说:"他走的时候,我本来想对他说,如果换了新号码的话就告诉我的。但最终没有开口。"

董事长不满地说:"你说这个还有什么用?"

王部长想了想，又说："其实那次事故并不全怪小邓，他不是故意捣乱的，这都是误会造成的……"

董事长一愣，生气地问道："你为什么不早说？"

王部长说："本来想说，看您在气头上，就没有说出来。"

董事长教育他："平时该说的话一定要说出来，别吞吞吐吐的，多说一句，还能累死人啊！"

王部长连忙说是，临走出门，终于补充了一句有用的话："我知道小邓的家在哪儿。"

董事长命令他无论如何要找到小邓。

等王部长历尽千辛万苦，把小邓找回来时，董事长诚挚地向他道歉，说："你要是早跟我解释一下那天的事情，也不至于受处分啊；你要是早告诉我有这样一笔生意的话，我说什么也不会让你走啊。"

小邓不好意思地说："看来，该说的话一定要说出口啊。"

打工仔的周末喜剧

辛立华

吴奇是到城里打工后才觉得，原来是自己的名字不吉利。吴奇，咋听咋像无妻无妻的。怪不得自己二十七八了还讨不上老婆，会不会就是这名字闹的？为啥自己偏偏要姓吴呢？姓吴就姓吴吧，又偏偏叫吴奇。叫吴楠、吴琼、吴敌，反正叫吴啥也比叫吴奇好啊。一个大男人活在世上，没啥也没有比无妻更难受更痛苦的了。没劲，真没劲。

我们的吴奇就这么没劲但又无奈地一天天活着。不活行不行？不行。因为怕死。

怕死的人怎么也得活着。可谁又不怕死呢？况且又都怀揣着各种美好的理想。

在所有打工的人群里，吴奇的命运算是顶呱呱的。他没有像村里其他弟兄们那样离家到几千里外在工地上去拼命，而是通过关系在离家仅几十公里外的省城找到了一份工作。他的工作很是让同村的弟兄们羡慕的。他在一所大学里烧茶炉，不是烧煤冒烟的那种，烧油，特环保特先进，而且像正式职工那样月月开工资。所以，吴奇一年四季手里都有钱，而且轻轻松松、干干净净。上下班进出大学校门，混在教授和学生们中间，倒也能唬人。这就让他在同村的弟兄们面前有了高人一头的感觉，就让他慢慢有了要在城里找个老婆的想法。他常跟同村的伙伴们说："俺是跟你们不一样的，俺是考上大学念不起才外出挣钱的，所以，俺要靠自己的知识去挣钱。"为此，他才找到了这份可心的工作。可他毕竟是烧茶炉的，毕竟是从山沟里来到这个城市的打工仔，也就一直没能碰上喜欢他的姑娘。

吴奇不能天天回家，就和另外一个离家远的同事在大学附近合租了一间房。一个人生活倒也不错，不受任何人限制。

不是自己当班的时候可以随便玩、随便遛，一人吃饱穿暖，全家不冷不饿，是不少已婚男人所羡慕的。可吴奇还是想娶媳妇儿。

吴奇的工作是干二十四小时休二十四小时。周五这天晚上，他下班回到住处，在住处门口的小饭店吃了一碗冷面后就逛商场去了。此时正是夏天，商场里既凉快又有电视看，更关键的是能欣赏到那么多漂亮姑娘。那天晚上，他在商场的电视里看到了一个让他激动的消息。电视里说，一个乡下的打工仔因经常学雷锋做好事，就被一位城里的姑娘看上并于近日喜结良缘。再看电视里那小伙子，吴奇乐了，心说："长得还不如俺呢。"于是吴奇就有了想法，心说："好人好事俺也会做，明天俺休息，又是城里人讲究的周末，俺也寻些好事来做做，说不定俺也会被哪位姑娘看上呢。"于是我们的吴奇老早就回到住处睡觉了。我们的打工仔吴奇先生要想好事了。

第二天上午，当吴奇从美梦中醒来的时候，夏日的阳光已经把屋里烤得闷热。一看表，已经过了8点。他一跃而起急忙穿好了衣服，可袜子怎么找也是一只。无奈，他只好又另找出了一双。其实,那只袜子被他连同上衣一起掖进了裤子里,多半只还露在了外面。黑黑的,在白色上衣与灰色裤子之间是那么显眼。

因为有了一种美好的愿望,所以吴奇觉得这个周末的心情比哪天都好,一边骑着同事的自行车还一边哼起了流行歌曲。后腰上那只随风飘舞的黑袜子,引得不少行人冲他直笑。吴奇见不少人冲他笑,心情就更加好,便不时对人报以诚挚友好的微笑。

他正想着今天要做件什么好事的时候,前面一位女青年的自行车座套不失时机地掉了下来,而女青年却全然不知地继续往前骑着。吴奇刚要喊却又赶紧闭上了嘴,他立即下车将座套捡了起来,怀着一种美好的希望骑上车就向已骑出老远的女青年追过去。他要亲自将座套还给她。他想,也许这就是天意,兴许就会发生点儿什么呢。

眼看就要追上那位女青年时,只顾往前看只顾想好事的吴奇却闯了红灯。"吱"的一声,一辆轿车横在了他的面前。汽车的保险杠只差一厘米就吻上他的自行车前轮。司机探出头来冲他就吼:"没长眼睛啊?"

吴奇被吓糊涂了，望了望已经骑车走出老远的那位女青年，愣愣地从车筐里拿出座套冲司机扬了扬说："追……追这个。"

"神经病。"司机骂了一句开车走了。

见司机走了，吴奇骑车还要去追那位女青年，却被一位警察叫到了路边的树下。吴奇愣愣地望着警察不知说什么是好之时，警察"叭"地给他敬了个礼，还没从糊涂中清醒过来的吴奇条件反射地也给警察敬了个礼。他的滑稽动作和后腰上的黑袜子，立即引来了不少围观的行人，冲着他嘻嘻哈哈指指点点。

警察也想笑，但还是忍住了，捏了两下鼻子对吴奇说："对不起，你……"

吴奇立即回答："没啥。"

围观的人哄堂大笑。

警察终于板起了脸，对吴奇说："什么没啥，你闯红灯了知道不知道？叫什么名字？哪个单位的？"警察说完又捏了两下鼻子。

"俺叫……"吴奇刚说了半句，目光便被一位穿裙子的姑娘的双脚吸引住了，于是他回答警察的提问时他的双眼就总看那姑娘的双脚。警察见他总看一个地方，便不解地随着他的目光望去。大伙儿一见警察的动作，又都随着警察的目光一齐望去。嘻！那是一双将十个脚趾甲染得红红的脚。

姑娘见警察领着大伙儿都把目光对准了她的脚，刚才还满是喜色的脸立即就板了起来，瞪着双眼冲警察吼道："看什么看？"

警察忙把目光对准了吴奇，涨红着脸喊："看什么看？"接着又捏了几下鼻子。

吴奇嘿嘿一乐，说："俺闯红灯了。"

"讨厌。"那位姑娘愤愤地骂了一句，转身走了。

尴尬万分的吴奇正不知如何是好时，他一眼看见姑娘抬起的脚下有个烟头。灵机一动，他赶快走了过去，拾起烟头就向旁边的垃圾筒走去。他后腰上来回摆动的黑袜子，这次惹得连警察也跟着大伙儿笑了起来。

吴奇转过身见大伙儿都冲自己笑，自己也笑了，说："爱护公共卫生，人人有责嘛。"

警察转到吴奇身后想把他后腰上的袜子拽下来，可吴奇不知道警察是什么意思,就转过身看警察。警察再往吴奇后面转,吴奇还是转过身看警察,这样来回转了几圈,便惹得围观的人哈哈大笑。警察火了,捏了两下鼻子大声地冲吴奇喊道:"站住。"

吴奇站住了,愣愣地望着警察。

"转过身去。"警察又吼道。

吴奇转过了身。警察一伸手拽下了吴奇后腰上的袜子,恼怒地对吴奇说:"出哪门子洋相啊你,啊?给你。"

吴奇望着警察手里的袜子,不解地问:"啥意思?"

"你说啥意思?这是你的。"

吴奇接过袜子看了看,不满地对警察说:"俺的袜子,怎么在你的手里?"

"唉!"警察无奈地又用手捏了捏鼻子,觉得不是味儿。放在鼻子前仔细一闻,立即闻出是吴奇后腰的袜子味儿,气得将嘴咧得老大。

吴奇明白了,嘿嘿笑着将袜子塞进了裤兜。

吴奇被罚维持二十分钟的交通秩序。当他不满却又无奈地戴上写有值勤字样的红袖章接过小红旗时,心里却蓦地升出一股自豪感。"眼下志愿者正是一种时尚,一种受人们敬佩、受人们拥护的行为,俺往这儿一站,谁会知道俺是被罚的呢?谁能说俺不是学雷锋在自愿做好事呢?好,俺看挺好。"于是我们的吴奇把胸膛一挺,头一抬,一本正经地认认真真地在十字路口边上维持上了交通秩序。他现在不求别的,只求人们多看他几眼,更希望有姑娘看上他。如果电视台的新闻记者能采访自己,那当然更好。

夏日的阳光毫不吝啬地往吴奇的身上洒,使他站了不到十分钟便觉得浑身的汗毛眼儿都张开了大嘴,尽情地往外吐着汗水。吴奇有些坚持不住了,想跟站在树荫下的警察说说站到对面的树荫下,却被警察那双冷眼给打消了这个念头。唉!好汉的名字好听可不好当啊。

就在这时,一个戴墨镜的小伙子骑车闯红灯从对面冲了过来。吴奇把小红旗一伸,就把小伙子拦了下来。吴奇见小伙子要冲自己瞪眼,"叭"地赶忙给小伙子敬了个礼。

小伙子被逗乐了,又看了一眼不远处正看自己的警察,马上笑着对吴奇说:"对不起了大哥,我错了,就这一回。大哥,吸支烟吧。"小伙子说着拿出一盒好烟,抽出一支就往吴奇手里送。

吴奇没接烟，却伸手将小伙子的自行车锁上了，晃着手中的钥匙对小伙子说："再有十分钟，俺这活儿就是你的了。"锁车这一手，是吴奇刚才跟那位警察学的。自己的车钥匙，现在还在那位警察手里呢。

小伙子明白是怎么回事了，火就往上拱。但碍着不远处的警察，只好忍着求吴奇。刚才还叫大哥，两分钟不到就改叫大叔了。可吴奇根本不理小伙子，一脸严肃地指挥着过往的车辆。

就在这时，一辆小轿车闯红灯从对面开了过来。吴奇先用小红旗一拦而后一指警察站的方向，小轿车便停在了离警察还有一段距离的地方。司机下车见警察没看自己正跟一位熟人打着哈哈，便朝吴奇走了过来。

吴奇只看了一眼正走过来的司机，脸便"刷"地就变了色。他灵机一动，伸手就摘下了小伙子眼上的墨镜戴在了自己的双眼上。小伙子还没愣过神来，吴奇已经把车钥匙塞在了小伙子的手里，说："快走，不然就来不及了。"

小伙子看了一眼还在和人打哈哈的警察，说声谢谢打开车锁骑上车就走了。

这时候,那司机已经来到了吴奇左边,很客气地对吴奇说:"师傅,您……"他见吴奇把脸扭向了右边,几步又转到了吴奇的右边。刚要开口,吴奇又把脸转向了左边。于是司机就随着吴奇的脸左右来回地转。转来转去把司机的火给转起来了,心说:"你一个二狗子有什么狂的?就是正经的警察,我也不怕你。"

司机刚要冲吴奇发火,那个小伙子又回来了,站在吴奇面前说:"哥们,挺识货的啊,二百多块呢,说归你就归你了?"小伙子说着伸手就从吴奇脸上摘下了墨镜,说:"你可够黑的。"说完骑上车走了。

司机一下子认出了吴奇,脸立刻就变了,愤愤地冲吴奇骂道:"你,你搞什么鬼呀这是,啊?"此人是吴奇打工的大学后勤处的处长,专管吴奇他们这类打工人员的。

吴奇的脸早被吓白了,不知所措地就给处长敬了个礼,说:"处长,您……您好。"

处长望了一眼正向这边走过来的警察,狠狠地对吴奇说:"好?好个屁。"

吴奇沮丧地从警察手里接过了车钥匙,打开锁骑上了车,边骑车边骂自己:"让你美,让你尽想好事。一个臭烧茶炉的打工仔被罚了站,有什么可美的?这下可好,把自己的顶头上司给得罪了,能有好果子吃?唉!俺咋尽去那倒霉的角色呢?"接着他又骂处长:"处长啊处长,俺看你也是倒霉催的。大热天的不好好在家待着,开车跑这么老远浪啥子浪?还闯红灯?还……还处长呢?……"

吴奇就这么沮丧地边骂边骑车,骑着骑着猛听"砰"的一声,听声音,是自行车的车胎爆了。开始,他认为是别人的车胎爆了,也就没往心里去,甚至还有些幸灾乐祸。直到觉出自己的车骑着不对劲了,这才赶忙下了车。一看,是自己的车胎爆了。真是人要倒霉,喝口凉水也塞牙啊。

吴奇好不容易在一个胡同口路边的树下找到了一个修自行车的。是熟人大李。大李望了一眼吴奇自行车的后胎,说:"是扎了还是爆了?"

"爆了。"吴奇说着把车支在了大李面前,有些不满地说:"俺说你们这些修自行车的咋个个都像打游击啊?一会儿东一会儿西的,像个野鸡下蛋,没个准地儿。"

"不打游击行吗？碰上城管的，全没收了不说，还得罚我。"大李说。

"你不会弄个执照，踏踏实实地干？干吗非得东躲西藏的没个准窝儿？"

"行了，别说那些没用的了。"大李站了起来，说，"你自己先把带子扒下来，我得去趟厕所，回来再给你补。反正我也不好意思收你的钱。"大李说着向胡同走去。

"嘿，瞧这话说得。"吴奇一直盯着大李又拐进了一个小胡同，这才动手扒带子。

就在这时，一双女人的脚停在了他的眼前。吴奇一看，心里不由得一动。虽说这双穿着凉鞋的脚套着丝袜，可薄如蝉翼的丝袜仍是把一双好看的脚近在咫尺地暴露在了吴奇的眼前，尤其是那十只染成了红色的脚趾甲，更让吴奇觉得有些眼熟，莫非……他赶忙把头抬了起来，嘿，果然是她。半个多小时以前，自己被警察拦住时把他的目光吸引住的那位姑娘。吴奇心里一阵狂跳，心说，这会不会就是一种预兆？于是他马上微笑着问姑娘："你好。请问，车子哪儿坏了？"

姑娘也认出了吴奇，她想笑没笑出来，说："你是修车的？"

"不……不，俺……啊……啊，咋的，你的车子哪儿坏了？"吴奇不知说什么是好了。

"链条断了，你给修修。"

"可以，可以。"

"那得多少钱？"

"只是接下链条，几下就好，不收钱。"

"那太谢谢你了。"姑娘说完冲吴奇一笑。

这一笑更让吴奇受宠若惊了，忙说："没啥，没啥。"说着就开始接链条。可他根本不会，也就不知怎么下手。一会儿拿钳子捏捏这儿，一会儿拿锤子敲敲那儿，一看就是蒙事的而且显得很滑稽。姑娘也看出了问题，便试探着问："好接吗？"

"好接，好接，马上就好。"吴奇说着把牙一咬，抡起锤子就砸了下去——"当"。"嗖"的一声，链条上的小卡片儿就飞了出去。巧的是，此时正好有一位卖气球的男人走到旁边。

那男人手举六七十个充足了气的气球，双眼正津津有味地欣赏着那姑娘的红脚趾，手中的气球便被飞出的小卡片儿击中了一个，"叭"的一声就炸了。那男人吓了一跳，吴奇和那姑娘也吓了一跳，都把目光盯向了气球。奇怪的是，这个气球炸完后，接着又"叭"的一声炸了一个。紧接着，那六七十个气球竟先后一个接一个地全都爆炸了。最后，那男人手里攥着的只剩下了一大把气球皮。红的、黄的、蓝的、绿的，谁见了都得乐。

姑娘首先乐了。接着是吴奇，乐得满眼是泪。

卖气球的半天才醒过味儿来，傻愣愣地望着手中的气球皮，又傻愣愣地望着大笑的吴奇和那姑娘，说："怎么回事？"

吴奇忍住笑，说："俺知道是咋回事？"

这时，那个小卡片儿从一个气球中掉了下来。那男人捡起一看，又看了看吴奇手中的锤子和那根断链条，一下子全明白了，便举着小卡片儿急赤白脸地但又带着哭相地冲着吴奇说："大哥，你……你得赔我。"

吴奇无法抵赖了，况且他不想抵赖，他要当着这位姑娘的面做个响当当的男人，便很爽快地说："说吧，多少钱？"

那男人见吴奇挺痛快，眨了眨眼说出了一个不小的钱数。吴奇当即一拍胸，显得既有钱又很大方地说："值，花这点钱听这么多响，值了。"然而，就在吴奇刚把钱掏出来时，那卖气球的却拔腿就向胡同里跑去，仿佛吴奇掏出的不是钱而是手枪。

吴奇不解地一回头，便看见一辆写有城管字样的130汽车停在了旁边。接着，四五个城管人员从车上跳下来，把吴奇围在了中间。没容吴奇明白过来，一个大胖子就冲吴奇喊道："好小子，今儿我看你还往哪儿跑？"说完冲那几个人一挥手，说："全给我搬到车上去。"那几个人便往车上搬修车的工具和小三轮车。

吴奇这下明白了，赶忙对大胖子说："哎呀你们搞错了，俺不是修车的，俺……俺只是给熟人看会儿摊。那人去厕所了，一会儿回来，俺咋向人家交代啊。"

大胖子嘿嘿一笑，又即刻板起了脸，凶凶地说："少跟我来这套。这修车摊不是你的？"胖子看了一眼正要推车走的姑娘，忙把她喊住了，问："刚才，他是不是给你修车来着？"

姑娘点了一下头，说："我车子的链条断了，他说一会儿就接上，可倒腾半天也接不上，笨手笨脚的，一看就是蒙事的。"

"听见了吧?"胖子指着姑娘对吴奇说,"都给修车了,还说这摊不是你的。糊弄谁呀?"胖子让姑娘走后冲吴奇一瞪眼,狠狠地说:"甭废话,你也跟我走一趟。"

吴奇着急地往胡同一望,正好看见大李从小胡同口出来,便急急地说:"你们看,他来了。"

胖子和那几个城管人员往胡同内看去时,大李见势不妙早把身子缩了回去。走过来的,却是一个患了脑血栓后遗症的一拐一拐的老头儿。

吴奇傻眼了,冲着胡同就骂:"大李呀大李呀,今儿个你可把俺给害苦了。"

吴奇从城管大队出来时,时间早已到了吃午饭的时间,便向附近的一个牛肉拉面馆走去。

吴奇这次还算走运。当时,城管的人把他带到城管大队后,吴奇的第一个反应就是要尽快证明这修车摊不是自己的。而证明这修车摊不是自己的,就要让对方承认自己不是下岗职工,不是无业游民,更不是无地可种到城里混饭吃的农民。于是当胖子问他时,他便很镇静地说出了自己的打工单位,并及时亮出了高级新型茶炉工的证件。胖子还不大相信,又按吴奇提供的电话号码给他打工的大学后勤处打了一个电话，好在值班的人正好在，很快就证明了吴奇的身份，吴奇才被无罪释放。

吴奇走进拉面馆时，二十几张桌子早已坐满了人。有正在吃的，有在等着的，还有干脆端着碗站着吃的。吴奇望了一眼满屋子的人和忙忙碌碌的服务员，心说："这人都怎么了？旁边好几家饭馆几乎空着不去，非要一窝蜂地往这拉面馆里拥？不白吃啊。"他找了半天也没找着空位，便在一位快吃完的人后边站住了，耐心地等着这个位子。

那人终于吃完了，很不友好地看了一眼吴奇，站起走了。吴奇刚刚坐下，服务员就走了过来，交完钱接过小票后，吴奇便用眼逐个扫描满屋子的人。一双染成红趾甲的脚使吴奇立即想起了修车时的那位姑娘，便不由得望向了人家的脸。不是那位姑娘，可比那位姑娘长得漂亮。望着那双脚，吴奇心里骂了一句：要不是她说的那句话，俺也不会被带到城管大队啊。可转念一想，又觉得不能怪人家。自己本来不会修车也不是修车的，装啥子大尾巴鹰呢？还不是为了讨好人家姑娘？这下倒好，好没讨上，反倒讨了一肚子气。他唉了一声一转头，就看见了一位五十多岁的男人端着碗显得很艰难地站在那边吃着,还不时地皱几下眉,那样子很能让人看出是什么地方不舒服。正好和吴奇同桌的有两位姑娘,于是他又生出了当着姑娘的面儿做一回雷锋的想法,于是他就冲那男人招手,示意那男人过来。

那男人证实吴奇是在招呼他后,慢慢腾腾地走到吴奇面前站住了,用一双不解的目光盯着吴奇。吴奇站了起来,冲那人很真诚地笑了笑,说:"老哥,坐下吃吧。"

"不……不。谢谢了,马上就吃完,马上就吃完。"那人很感激地说。

"嗐,有啥客气的?再说俺的面还得等会儿呢。来,快坐下吧。"吴奇说着就拉那人。

那人连连摆手,一个劲儿地不坐。吴奇觉得自己又丢了面子,看了那两位正冲自己笑的姑娘一眼,伸手就把那人的碗夺了过来放在了桌子上,而后双手一按那人的肩,说:"坐下吧。"就把那人按在了椅子上。没想那人"嗷"的一声嚎叫就从椅子上跳了起来,涨红着脸冲吴奇吼道:"你……你想害我是怎么着?"

吴奇愣了，那两位姑娘愣了，周围的人都愣了，都用怪怪的目光看着吴奇和那个男人。有人还一个劲儿地往椅子上看，仿佛是吴奇往椅子上放了什么扎人的东西。吴奇也把目光对准了椅子，细细地看了几眼什么也没有，便也涨红着脸问还在咧嘴吸溜的那人："老哥，这……这……咋了这是？"

"唉！"那人不好意思地望了大伙儿一眼，说，"我屁股上长了个疖子，刚刚开完刀。"

"哄"的一声，满屋子的人全笑了。

吴奇也笑了，笑着对那人说："对……对不起了老哥，俺不知道啊。对不起了……"

"算了算了。"那人也想乐，转身走了。

吴奇见大伙儿还在看着自己，就觉得浑身不自在。刚要离开这里，服务员把面端来了。吴奇说声谢谢，坐下就吃，头都不好意思抬了。面热，天也热，再加上吴奇吃得急，汗就一个劲儿地顺着脸往下流。

他伸手从裤兜里掏出那只袜子，看也不看就往脸上抹。同桌的那两位姑娘一看他用袜子擦汗，相互咧咧嘴，放下没吃完的面就走了。当吴奇第二次用袜子抹脸时，另几位看后也放下碗走了。吴奇第三次再用袜子抹脸时，才闻出味儿不对，一看，立马傻了。再看周围的人，都用异样的目光盯着自己。吴奇的脸立刻涨红得如猪血，尴尬万分地站起就急急地走出了拉面馆。

吴奇走出拉面馆还觉得背后满是嘲笑的眼睛，便头也不回地推起还没补好胎的自行车就走。没有目的，只是顺着路往前走，直到前面的红灯亮起，他才想起该去补车胎了。

吴奇补好车胎，就往住处骑。当他骑到一条胡同口时，见胡同里围了一大群人，看样子是出了什么事。好看热闹的吴奇想都没想就向人群走去。他把自行车支在一棵树下锁好，就扒着人群往里挤。

挤进一看，眼前的情景立马吓了他一跳。只见一看就是地痞流氓的一个大胖子和一个矮个子的青年正在殴打一个乡下小伙子。小伙子已经被打得头破血流，可那两个青年还在打。吴奇的怒火顿时涌上了头顶，而更让他愤怒的是，这么多围观的人竟没有一个人上前阻止，反而一个个都在津津有味地看着。吴奇心里就想：俺们乡下人就该这么受欺负吗？拳头就握得咯咯作响。他求助地向人群望了一眼，却一眼看见了那位染了红脚趾甲的姑娘。

看见了这位姑娘,吴奇心里便说了一句:今天俺要让你看看,看看俺吴奇到底是个啥人。接着便是一声大吼,挥拳就向那两个还在打人的流氓冲了过去,一拳一个,就先后把那两个流氓打倒在了地上。就在吴奇正要扶起倒在地上的小伙子时,两个警察上来就把吴奇按住了。一个小警察恼怒地对吴奇说:"干什么?你要干什么?"围观的人群里立即发出了一阵大笑。

吴奇也恼了,气愤地对小警察吼道:"你们算啥警察?不去抓坏人,干啥要抓俺?"

围观的人们又是一阵大笑。尤其是那位染了红脚趾甲的姑娘,笑得最欢。

就在吴奇百思不得其解的时候,一位四十多岁的黑大汉上来劝走了那两个警察,微笑着对吴奇说:"对不起了小伙子,我们这是在拍电视剧。"

吴奇这才看见,前面正有人扛着摄像机。那个被打的小伙子正在给胖子擦嘴上的血。吴奇清楚,胖子嘴上的血,是被自己打的。

吴奇的脸立马红得像块红布,边道歉边往外走,却被那黑大汉给拉住了。

吴奇心里咯噔一下,心说俺又闯祸了,正要求饶,黑大汉说话了:"你先别走,我有话要跟你说。"

吴奇害怕地说:"说啥,您就说吧。"

"我是这部戏的导演,叫吴楠。"

吴奇马上说:"俺也姓吴,叫吴奇。"

"好,那我们就是一家子了。吴奇,是这样的,我们这场见义勇为的戏,拍了一上午也不理想,饰演英雄的演员总是不到位。刚才你的表现,太符合剧情的需要了,而且你的形象和气质,也很接近角色。所以,我想让你演这个见义勇为的英雄。"

吴奇连连摆手,说:"不行不行。导演,俺……俺从来也没演过戏。不行,不行。"

"别害怕。我跟你说实话吧,眼下好多有名望的演员,他们都是从来没有演过戏,而是通过第一次演戏而成功的。远的不说,就说夏雨吧。夏雨你知道吗?"

"知道,而且俺特喜欢他演的戏。"

"可你知道吗,他就是通过演《阳光灿烂的日子》而一炮打响的。那时，他和你一样，也是头一次演戏。放心吧，只要你像刚才那样再来一遍，我敢打保票，你肯定成功。"

吴奇心动了，说："那俺就试试？"

"好样的。"导演一声令下，就让摄像做好了实拍的准备。

然而，第一遍，不行。第二遍，还是不行。第三遍，更糟。一连试了五六遍，是越试越糟。最后连吴奇自己都没了信心。导演就问他："没让你演的时候，你的表现蛮好的嘛。怎么一说让你表演，就越来越不行了呢？"

吴奇不好意思地说："导演，俺一个乡下打工的，要说玩真的，还行。要是让俺玩假的，嘿嘿，就玩不好了。"

吴奇离开人群的时候，看见那位染红脚趾甲的姑娘很是深情地看了他一眼。

吴奇从住处出去时天已接近黄昏，他是去单位接班的。这天，他比往日的接班时间早出来了一个小时，目的，是想再碰上那位染了红脚趾甲的姑娘。

他知道自己的想法既荒唐又可笑，可他还是这么做了。一天中能碰上这位姑娘好几次，而且最后一次还那么深情地看了自己一眼，这不能不承认是缘分吧？不能不承认是有啥意思了吧？他有一种感觉，觉得今天还会碰上她，而且会是具有深远意义的。他相信感觉。

吴奇怀着一种美好的愿望与感觉走在公路边的人行道上。由于心情特别好，他就感到过往的行人都是那么亲切，感到每一棵树都在向他祝福，便相信这天的傍晚一定会发生让他意想不到的事……

让吴奇意想不到的事果然发生了。

当他走到一个大广告牌子下面时，发现前面一百米处的花坛边，又像午后在胡同里那样，围了一大群人。从人们的动态和气氛上看，也像是里面发生了什么。他想准是又在拍电视剧，而且还是先前那拨人，就想赶紧离开这里，免得让那位导演看见显得尴尬。可是，从人群中传出的哭喊声，他觉得又不像是在拍电视剧。他四处看看没有维持秩序的警察，也没有某某剧组字样的汽车，便觉得真是出什么事了，便向人群走去。

吴奇认真听了听里面的动静，又仔细看了看周围的情况，便果断地判断出里面确实是发生了什么。他在人群外转了几转，终于把牙一咬，使劲分开了人群，几步就挤了进去。

首先映入他眼内的，是两个正打得起劲的一看就是小流氓的小伙子，接着，便是地上被打的人。也是个小伙子，已经被打得满头是血。小伙子一边求饶一边求救，听口音不是本地人。吴奇站在那只看了几眼，便断定那被打的小伙子是无辜的。而周围这么多足有五六十个的围观人，却没有一个人肯上前制止。

这个时候的吴奇，耳边忽地响起了自己对那位导演说的话："俺一个乡下打工的，玩真的，还行。要是让俺玩假的，就玩不好了……"想到这几句话，吴奇感到自己玩真的时候到了。他不自觉地又向周围的人看了一眼。

真是老天的安排，他又看到了那位染了红脚趾甲的姑娘。此时，那姑娘正用一种敬佩、鼓励的目光盯着自己，于是他浑身立即充满了力量，便冲那两个正打得起劲的小伙子大喝一声："住手！"

那两个小伙子一愣，立即停住了手。可回头一看是比他们少说也要矮半头的吴奇时，惊慌的脸立即又恢复了原状。吴奇这才看清这两个小伙子的真实面目，一个小胡子，一个黄头发。

小胡子冲黄头发一挤眼,怪里怪气地对吴奇说:"怎么着哥们,想挡道啊是怎么着?"

吴奇冷冷一笑,说:"那要看是什么道,歪门邪道,今天俺就是要挡。"说完这话,吴奇自己都惊讶:自己今儿个是怎么了?吃豹子胆了?不但话说得如此有力如此镇静而且像电视剧里的台词。

"行啊哥们。挡道?那要看看它乐意不乐意了。"黄头发说着就从怀里抽出了一把尖刀,指着吴奇狞笑着说:"哥们要是有种,就上来比试比试。"

望着眼前的尖刀和凶相毕露的黄头发和小胡子,吴奇心里直冒凉气,腿也开始发抖,心说这回俺要真他娘的倒血霉了。他求助地看了周围一眼,却见周围的人已自觉地往后退了好几步,像看杂耍表演似的给腾出了一大块场子,不少人的脸上还露出激动与兴奋。完了,这下俺是要完了,一股悲壮便涌上了吴奇的心头……蓦地,这股悲壮便在吴奇的心中化作了一股愤怒与冲动,同时,自己对导演说的话又响在了耳边。他看了一眼正对自己晃动手机的那位姑娘,心里顿时明白了什么,全身立即就凝聚了一股强大的力量,并下了要与歹徒拼一死活的决心。

就在这时,黄头发已挥刀向吴奇刺了过来。吴奇猛地往旁一闪,便闪过了黄头发刺来的尖刀,同时"啊——"的一声大叫,右脚乘势向黄头发踢去。咕咚一声,黄头发便被踢了个仰面朝天。吴奇一步上前,想将黄头发手中的尖刀夺过来。然而晚了,小胡子已从后面向吴奇袭来,一刀刺中了吴奇的后腰。吴奇"啊"的一声一个趔趄险些倒下,却又顽强地挺住了。就在小胡子又要举刀的一刹那,一阵警笛声由远而近地急急响起。小胡子一惊,随即拔腿就跑。黄头发从地上爬起来也要跑,却被吴奇一扑紧紧地抱住了后腰,两人便一同倒在了地上。黄头发想挣开吴奇爬起来,却怎么也挣不开,便气急败坏地用尖刀乱扎吴奇。顷刻间,吴奇便成了一个血人……

当吴奇醒来时,他已躺在了医院的病床上。周围,是公安局的领导和他单位的领导及一些医护人员。领导们的几句问候之后,一位护士上前,递给了吴奇一束鲜花。护士告诉吴奇,这是一位姑娘送的。姑娘?吴奇心里一动,急忙打开了夹在鲜花中的纸条,只见上面写道:

你是真正的男子汉。我和你一样,是个在饭店工作的打工妹。下班后,我会来守护你的。

爱你的一位姑娘

是她吗?

一定是她。

吴奇笑了,笑得是那么幸福,幸福得两眼闪着泪花。

二十米的距离

冯伟山

　　李伟和张小走是不错的哥们,在大学时两人不仅成绩优异,还都擅长长跑。每次学校里的运动会两人都参加,只要是长跑项目,冠亚军非他俩莫属。可极富戏剧性的是,李伟每次都落后张小走二十米,屈居亚军。毕业后,两人又相约去了同一所大公司竞聘。终于,两人在众多竞聘者中脱颖而出,被告知明天去总经理室进行最后一次面试。两人都很高兴,晚上就在一家小饭馆多添了两个菜,慰劳了一下肚子。

　　回到住处,张小走就躺下了,他想舒

舒服服睡个觉,明天给面试官一个良好的精神状态。

李伟却怎么也睡不着,他脑子里满是明天面试的事。他听人说过很多公司面试的细节,有测试应聘者亲情孝心的,会问你父母是哪天的生日。也有测试应聘者的道德品质和工作态度的,要么在经过的走廊里故意丢下一叠钱,或者面试官故意做些不合常理的举动让你指出,反正面试的细节五花八门,让你防不胜防。李伟心有不甘,觉得这家公司是全国有名的上市公司,更是自己梦寐以求的创业摇篮,一定要竞聘成功。他就在脑子里反复想着明天面试可能出现的情况,假如面试官的水杯盖开着,是不是要给他冲水呢?或者房间的门敞开着是不是要顺手给关上?甚至面试官的头发上有块小小的纸屑该不该提示他一下?哎呀,需要注意的东西实在太多了。李伟一下子变得紧张起来。等他把很多可能出现的细节在脑子里过了一遍,夜就深了。

第二天,李伟和张小走早早来到了公司。两人西装笔挺,脸上都洋溢着无限的青春朝气。等待面试的空隙里,张小走问李伟:"你紧张吗?我的心跳得厉害呢。"李伟一笑:"我也是。"说完,他扭头又望了身后的走廊一眼。那是条通往总经理室的走廊，走廊里空无一人，乳白色的大理石地板干净得能照出人影。其实，李伟的心里一点也不紧张，他对今天的面试充满了信心，觉得公司就是录取一人，也是非他莫属。

面试开始后，张小走是第一个被点名面试的。可几分钟的工夫他就出来了，面色平静，笑着对等在外面的李伟说："希望你能成功。"

李伟心里不解，张小走到底竞聘成功了没有？看这速度，估计戏是唱不下去了。他想了一下，心里竟突然滋生了一丝莫名的得意。进去时，他发现办公室里一尘不染，各个房间的门也关的很严。让他失望的是总经理面容和蔼，头发一丝不乱，面前的办公桌上竟连个水杯也没有。招呼李伟在对面的沙发坐下，总经理笑着说："有关你的资料我都详细看了，你是个很优秀的人才，但不是很适合我们公司，抱歉了。"李伟当时头就大了，自己哪点做错了呢？想想这总经理也是古怪，根本就没给自己一个表现的机会嘛。

他稀里糊涂地出来时，张小走早就在外面等着了。公司很大，除了一栋栋高大的楼房，院子里还有很多花草树木，美丽得像一座花园。两人边走边聊，说起面试的情况，李伟满肚子气愤,觉得公司简直是故意耍弄人,忍不住骂了几句粗话。张小走听了,说:"我也觉得有些遗憾,但人家说咱不适合,就肯定有不适合的原因。这没关系,以后会有机会的。"

正说着,后面过来了一个清洁工,蹬着一辆装满了袋装垃圾的三轮车。前面是个小小的陡坡,她蹬着有些吃力,就下来推着走。张小走见了,赶忙上前帮着推车。李伟说:"你真是闲得难受,上学时留下的毛病一点没改!"刚说完,车子一颠,一袋垃圾掉在了地上。张小走弯腰刚要去捡,李伟抢先一步,一脚就踢到了旁边的绿化带里。袋子裂开,垃圾撒了一地。李伟嘿嘿一笑,说:"你去捡呀?叫你多管闲事!"

这时,听到有人在喊。清洁工回过头,对张小走说:"我们总经理喊你呢。""喊我?"张小走一脸疑惑。"是呀。"清洁工用手指了指身后那座大楼的一个窗口。张小走和李伟都忍不住回头去看,那个在窗口挥手的人正是刚才的面试官。

以后的事就顺理成章了。张小走竞聘成功,不久还得到了公司的重用。

那天,张小走被总经理喊去谈话。

总经理说:"其实你俩都很优秀,我本想都留下的。但性格使然,我就撒了个谎,想再观察你俩二百米的距离。"

"二百米的距离?""对。从这座大楼到公司的大门口是二百米,我就在窗前看着,如果那辆垃圾车不出现,也许你俩就都录取了。可那车子恰恰就在你俩走了二十米的时候出现了。哈哈,你俩都很优秀,但到底还是差了二十米的距离。"

后来,还在到处应聘的李伟听到这个事情时,他突然就想起了长跑时落给张小走的二十米。那个二十米自己还能得亚军,发荣誉证书,可这个二十米怎么就淘汰了呢?

他觉得这事总经理太较真了。

二十年前的招聘

冯伟山

这是二十多年前的事情了。

那一年,小山、小林和小文相约来到南方的一座城市打工。三人是从小一块儿长大的农村孩子,十八九岁的年龄。他们出来闯荡,靠的就是如火的激情。

三人转悠了半天,终于被一家单位吸引了。

挨到他们时,天快黑了。招聘官先问了一些摸底的话,然后又问:"你们带文凭了吗？"三人相视一笑，点了点头。小文递上了一本盖着钢印的初中毕业证，小林也递上了一本和小文一样的毕业证，还有一张证明团员关系的信函。轮到小山时，却拿出了一张高中毕业的信函，大红的印章实实在在地趴在上面，足以证明它的真实。这让小林和小文吃了一惊。这家伙，明明小学没念完，咋成了高中生？

那时没有互联网，更没有打印件，很多东西都是用手写。村里的会计随便写个证明，大红印章一盖，就能通行全国了。村会计是小山的舅舅，这家伙背后肯定捣了鬼！

招聘官对着材料看了看说："小山文化不错，你被聘用了。小林学历低了点儿，可素质不低，你也合格了。"两人一高兴，就咧嘴笑了。

招聘官又对小文说："很遗憾，你没有他俩的条件好，你落聘了。"小文急得要哭，说："我们三人是一块儿出来的，你就招了我吧，我不会给公司丢脸的。"招聘官摇了摇头，就领着小山和小林走了。

小文呆呆地站在街头，有一种被遗弃了的感觉。

小文上学时品学兼优，还是班里的优秀团代表，要不是父母有病，现在也该读大学了。那时，他记得小林曾递交了好几次入团申请书，都被老师以"思想不纯"退了回来。他脑子乱糟糟的，觉得小山和小林运气太好了。

这时，过来了一个中年人。他说："小兄弟，我也是开厂子的，你愿意跟我干吗？"小文看了一眼面前的男子，没吭声。男子又说："我的厂子虽然是私营企业，可前景非常好。今天也是来招聘员工的，可人们都盯着国营、合资企业。本想空手回去，可偏偏碰上了你，缘分啊。"男子说完，哈哈一笑，满脸的真诚。小文低着头，还是没吭声。男子又说："我观察你半天了，就喜欢你的淳朴。"小文咬了咬牙，跟着男子走了。

一眨眼，二十年就过去了。

这期间，小文忠心不二，跟着厂长顽强拼搏，厂子真的壮大起来了。如今，小文是一家分厂的厂长，还有了一些股份。他也早已娶妻生子，扎根这里，是这座城市真正的主人了。

忽一日，小文和小林竟意外地碰到了一起。小林面容憔悴，和以前的翩翩少年已是判若两人。这么多年后的第一次见面，两人都有说不出的高兴，小文便邀小林去厂中一叙。交谈中，小文得知,那次分手后,小山和小林被人骗了。那是一家假合资企业,负债累累,两人辛辛苦苦干了半年,一分钱也没得到。为了活命,两人又四处找工作,费尽了周折。

"哎,都不容易啊。"小文讲起自己与老板创业的酸甜苦辣,也是感慨万千。

小林说:"最初几年,我也曾得意过,被一家公司的老板相中,负责原材料的采购。我心眼活泛,收点儿回扣、报报假账什么的,收入还算不错。可谁知道才几年光景,公司就垮了。"小林说着,一脸的惋惜,"这些年里,我也是高不成,低不就,换了七八个地方,还一直在这座城市飘着。唉……"小林说着,深深地吸了一口烟,丝丝缕缕的烟雾在他的眼前缠来绕去。

他顿了一会儿,说:"小山就更惨了。他没文化,又吃不得苦,后来竟和一帮偷偷摸摸的人混在了一起。判了二十年,也快出来了。"

小文一下瞪大了眼,不胜感慨。

"现在看来,你的运气太好了。我俩咋没像你那样碰见好人呢?"

小文听了,心猛地一紧。他看了看小林,觉得他们之间已经隔得很深了。半晌才说:"其实有些时候,成功和幸福靠的就是自己。"

"自己?"小林一脸的迷惑。

"对。"小文拍了拍自己的胸膛。

好好活着

张道余

5月12日，刘吉良从汶川县城回家。儿子是一个孝顺听话的孩子，在威州中学读高三，很快就要参加高考了。可他为了给瘫痪在床的妈妈过一个快乐的节日，还是抽出紧张的备考时间，在5月11日母亲节这天，专程回家陪着妈妈高高兴兴度过了一整天。他说，他准备报考成都的华西医大，将来学会一身精湛的医术，回来治好妈妈的病。妈妈欣慰地笑了。

今天一大早，刘吉良和儿子一道去到了县城，送儿子进了校门后，他悄悄地来到了县人民医院。

离映秀镇只有几公里了，刘吉良的村子就在这里的公路边。下了公共汽车后，他大步流星地朝村里走去，觉得还有许多事他得抓紧时间去做。他是这个村的村委会主任，村里一千多号人奔小康的重任时时系在他的身上。

离村子很近了，就在这时，准确地说，是下午2点28分，他突然一个趔趄，身子稳立不稳倒了下去。怎么，这病说来就来了？他直感到时间太紧迫了。

不对，就在他往下倒的同时，天上地下一片轰隆隆巨响，大地像一头不驯服的怒狮，腾挪弹跳了起来，将他的身子重重地往空中抛掷。

不好，这是地震，可怕的大地震！

他努力地想站立起来往村子里跑，可是不行，地面翻起了波浪，他的身子已不听自己使唤，只得匍匐在地任凭大地筛簸。

一会儿，他终于从仍在颤动不已的地上站了起来，四周却是一片震耳欲聋的轰鸣，到处都升腾起一层密不透风的烟尘，刚才又是一阵眩晕，他已辨不清村子的方位。他深知，他所在的村庄处在谷底，四面环绕着高山，平常都不时有砂石往下滚落，在此大地震之时，更是滚石流沙飞泻直下冲击的首要目标了。

短短的几分钟，像熬过了整整一个世纪，刘吉良终于能依稀地看到村子了。可是，哪还有什么村子？他放眼望去，已没有了村庄，没有了学校，当然也没有了家，一切都夷为平地。完了，我们辛勤建造的美丽家园全完了！

他猛一个激灵：不好，乡亲们都埋在下面了，学生娃也埋在下面了，还有亲人们也统统地埋在下面了，他得赶紧去救人！他三步并做两步跑回了村子，见到一群人围在废墟旁呼天喊地叫着自己亲人的名字。他意识到大难之时不能乱了方寸，赶紧召集起幸存的青壮年，每五人一组，迅速组成了十个自救小组，村子里留下四组，他带着六组人员向村里的小学奔去。村民委员张青松提醒他："大哥，你媳妇瘫痪在床，肯定埋在下面了，你不先去救救嫂子？"刘吉良边跑边回答："顾不得那么多了，还是救孩子要紧！"

村小学被摧毁的状况惨不忍睹，所有的教室和教学办公室全部倒塌了，除了一个班的学生在上体育课幸免于难外，全校有两百多名师生全都被埋在了废墟里。村民们赶紧配合体育教师将惊慌失措哭爹喊娘的学生娃转移到了安全地带后，就全力投入到了抢救孩子们的工作之中去。

他们一处一处地搜寻，大声地呼喊着："有人吗？有人吗？"只要能听到有孩子的回声，他们就立即展开搜救工作。搜寻了一阵后，刘吉良带领的一个小组有了重大的发现，他们在靠近原教学大楼过道处的一处教室废墟下听到了孩子们发出的呼救声，刘吉良等人马上大声回应："孩子们，别急，别急，我们在这里！我们很快就可以救出你们！"

可此时没有任何救援的工具，平常使用的锄头扁担也都被掩埋了，连一根使得上劲的木棍也难以找寻。时间就是生命，他们得赶在死神之前，将孩子们从废墟中抢救出来，谁也没作任何考虑，就用双手十指使劲抠出砖头瓦块，一点一点艰难地向废墟深处挖掘。

挖了好一阵，同一自救小组的许山林突然惊叫了一声："大叔，你的手！"——村里的人都不喊刘吉良"主任"，年长一点的亲昵地叫他为"大哥"，年幼一些的则尊称他为"大叔"——刘吉良这才觉察到，自己的十个指头已经渗出了鲜血，他淡淡地一笑:"没什么的,救人要紧!"

终于挖到一个通往掩埋学生的洞口了,也可以和废墟下的孩子对话了,其中一个孩子已经爬到了洞口将一只手伸了出来,刘吉良鼓励他慢慢往外爬。可仅仅能伸出一个头,孩子的整个身子还是被卡在了里面。

刘吉良给孩子补充了些水和食物后,叫他暂时退回去好好休息一会。这个洞口上面是重重叠叠的预制板,下面是坚硬的水泥地,要徒手扒开这些预制板是根本不可能的,且有再度坍塌的危险,他们就用砖石等硬物一点一点地砸宽洞口,几经周折,终于将这个学生救了出来。紧接着又从这个洞口救出了八个孩子。

九个孩子被救出后,废墟里仍然有微弱的呼救声,可他们却被重物压在了下面。此时是余震阵阵,孩子们在里面多待一会,就会多一分危险。许山林要钻进洞去救人,刘吉良拦住了他:"不行,你还年轻,还没成家立业呢。"王东石争着往里钻,也被刘吉良制止:"你也别进去,村里还有许多事等着你去做呢!"刘吉良不顾众人的劝说,趴下身就从狭窄的洞口钻了进去。

过了很久很久,又有一个孩子被刘吉良从课桌的挤压中解脱，送出了洞口。就这样不停地摸索搜寻，他费了很大劲，连续从废墟中刨出了三个孩子。当最后一个孩子被送出洞口时，此时又一个余震袭来，大地又重重地抖了一下，整堆废墟不禁簌簌地往下沉。在外面的村民和被救出的孩子们心里都一紧，急得大声惊叫了起来："大叔，大叔，你还好吗？"

过了一会，才听到里面传出了微弱的声音："乡亲们放心，我好好的！可我一时出不来了！王东石听着，你得赶快派人出去送信，把我们村受灾的情况报告上级！还有许多的乡亲和孩子压在下面呢！你们别守着我，快去救救别的孩子，快去……"

王东石心里一热，眼眶里已噙满了泪，只能答应着："大叔放心！我已经派了人出去报信，救援队一会就会到来，你可要挺住啊！"面对变得更加窄小的洞口和随时都可能再度垮塌危急万分的预制板堆，废墟前已是一片嘘嘘的哭声。

又是一个强烈的余震袭来，废墟下再没了声息。人们的心被强烈地撞击了一下：刘吉良，我们的好大叔，好大哥，你可是把生的希望留给了孩子们，把死的威胁留给自己的啊！人们静静地伫立在废墟前，一个个都泪流满面地垂下了头，神情肃穆地闭上了双眼，默默地为尊敬的大叔、大哥祈祷着。

等专业救援队赶到村子,将掩埋在学校废墟下的刘吉良救出时,刘吉良早已停止了呼吸。人们从他的衣袋里搜出了一张纸,纸上歪歪扭扭留下了四个字,那是他在黑暗中摸索着用手指蘸着自己的鲜血写下的。

那四个字是:好好活着!

写上遗言的是一份刘吉良的疾病诊断书,上面的诊断结论是"肝癌晚期"。诊断书上方留下了一个难忘的日子:2008年5月12日。

"穿山镜"传奇

张道余

那一年,我在野外地质队搞测量工作,正在川东一个偏远山区的崇山峻岭中辛劳地奔波着。

一天,我测完最后一个点,等后尺一到,我们四人就匆匆下山了。山里太阳落山早,我们刚走下山坡,走在两峰之间的山坳处,就已暮色四合,山的阴影森森地逼在眼前,山里可怕的黄昏已经来临。我们急急地走着,想在天黑之前赶到在地形图上选定的老乡家的借宿处。我们只顾埋头走路,转过山坳,冷不丁地从前面冒出一个人来，把我们着实吓了一跳。定睛一看，来人是一位中年妇女，山里人打扮，一头短发，走得十分急，红扑扑的脸上汗津津的，还没等我们打招呼，她就拦住了我们："你……你们是勘探队的吧？"

"是呀！"尽管我们归心似箭，但还是停了下来——和当地群众搞好关系，是我们搞好地质勘探工作的一个关键。

"几位大哥，请你们帮个忙。我的……我的羊丢了，请你们帮我找回来！"

找羊？开什么玩笑？在这人地生疏的地方，初来乍到，我们有什么本事给她把羊找回来？中年妇女的要求使我们很为难。

"别急，慢慢说，究竟是怎么一回事？"我安慰着她，我想即使帮不了她什么忙，也得把我们的心意尽到。

她说，她家有十只羊，这是家里的命根子，孩子的学费、父亲的药费、一家人的衣服和油盐，都眼巴巴地放在这十只羊身上了。她每天早晨将羊赶上山坡，拴在树桩上，等羊吃饱了草，下午再将羊赶回家。眼看着这群羊就已长得膘肥体壮快上市出售了，谁知她今天下午去牵羊，羊却不见了。她找遍了附近的山山岭岭、沟沟壑壑，仍不见羊群的影子。情急之中，她听说地质勘探队要到这山里来了，就把找羊的希望寄托到我们身上。

"可是，我们有啥办法帮你找到羊？"担任记录的老郑问。

"是呀，我们是第一次到这山里来，什么情况都不熟悉，怎么能帮你找到羊？不是我们不帮你找羊，是没本事找到羊呀！"前尺和后尺也一齐附和。

"怎么不能？你们有'穿山镜'呀！你们用'穿山镜'一照，不就看到羊在哪里了？"她说得那么认真，那么肯定，眼里充满了信任。

我们都笑了，笑山里老乡把我们的本事看得那么大，也笑山里人的无知，但没有一点嘲笑的意思。我忙向她解释："我们这仪器不叫'穿山镜'，它不能望穿山，只是能把远处的东西拉近来看罢了。"

"不对不对！你们背的就是'穿山镜'，你们把山里藏着的金鸭儿、金蛋都找出来了，怎么会看不到我家的羊？"

民间的传言竟被这山里的老乡当成了真，我进一步向她解释："我们能找出地下埋藏的石油、天然气或其他矿藏，这话不假，可它们不是用这仪器照出来的，它是我们的地质工作者用很复杂的科学办法综合分析判断出来的。这仪器不能穿山，你家丢的羊我们确实没法找到。"

"你们的'穿山镜'就是能看到我家的羊！你们连谁家有腊肉都看到了，怎么会看不到我家的羊？求求你们吧，勘探队的师傅们！"她的依据似乎十分充分。

这句话戳到了我们的短处，我们四人面面相觑，十分尴尬。原来我们地质队员跑野外，运动量大，肚子饿得快，嘴特别馋，成天就想找好东西吃。我们常常在收工前把经纬仪镜头往四处扫射，看看哪家老乡后屋窗口挂有腊肉，就往哪家去。如是有的老乡舍不得拿出腊肉来吃，我们就点破他家挂有腊肉的秘密，往往惊得老乡目瞪口呆，再不敢怠慢我们。当然我们也会付出高于市价的伙食费。真是好事不出门，坏事传千里，这嘴馋的"丑闻"竟传到了我们还没涉足的地区。

真是哪壶不开提哪壶，我们是有口难言，没辙了，尴尬之中，沉默片刻，我猛然被女老乡提及的腊肉一事触动了，像断了的神经一下接通，心中似乎有了底，忙改变了语气："行行行，我们试一下，帮你找找羊。现在天这么晚了，'穿山镜'也不起作用了,我帮你推算一下,看你家的羊在哪里。"我微眯着眼,若有所思地盘算了一下,然后用手指着东南方,对中年妇女说:"从这个方向出去有个老鹰崖吧?"

"是呀是呀!"中年妇女忙不迭地点头,"离这里有二十里地呢——那地方你们还没去过,怎么会知道?神了!"

"对了,就是老鹰崖的鹰眼那个位置,有个洞,你可以到那里去找找。"我的神情非常严肃认真,没有半点糊弄人的样子。"对,就是老鹰岩的那个山洞里,说不定你的羊就在那里。"他们三人似乎是心领神会,以为我在使金蝉蜕壳之计,此举正合他们的心意,都想早点找到归宿处,好犒劳这咕咕叫的肚子,竟一接一答,与我配合得十分默契。

我还是不放心,再三地提醒她:"不过,你不能一人去,最好叫上你们大队的民兵连长和几个人一起去。"她深信不疑,连连点头,千恩万谢地去了。

我们终于舒了一口气,又急急地向红土地的一户老乡家赶去,天黑了一会才找到了借宿处。我们组带的炊事员已先在老乡家把饭做好了,并把几张行军床架好放在了老乡的堂屋里。我们三两下把饭吃完,商量了一下明天的工作,草草地洗漱完毕，各自打开自己的背包，钻进被窝里很快就呼呼入睡了。

这一觉睡得好沉啊，不知什么时候，被外面擂得山响的叫门声震醒了。我们睡眼惺忪地问是谁，迷糊中知道了是黄昏时碰到的丢了羊的中年妇女和她的丈夫。我们一下被震清醒了，他们三人小声地嘀咕："糟了，麻烦又来了！""找羊，找羊，我们哪有找羊的本事？"我心中也惴惴不安地不知事情到底是何结局。此时才凌晨3点，大家手忙脚乱地穿好衣服，打开门将这两人迎了进来。一股凉风扑进了屋，令人惊奇的是，中年汉子身后还牵着一头肥硕的山羊。我心中有了一些底。

两人一进门，中年妇女拉着她的丈夫，在我们面前咚的一声跪了下来："谢谢你们，谢谢你们，你们真是神仙哪，一说就准，我家的羊——我家的羊全找到了！"

大家先是一愣，继而一惊，然后一齐将两位淳朴的山里老乡扶了起来："不要这样，帮你们找到羊，是我们应尽的责任！"老郑给她俩倒了两杯热开水，我们将他们夫妇请到行军床边坐了下来。

中年妇女说，她听了我给她的指点，叫上了丈夫、大队的民兵连长，和几位身强力壮的亲友，一齐打着火把进到了山洞，不仅找到了她家丢失的十只羊，还找回了生产队不久丢失的两头耕牛。此时两名盗羊贼正在山洞里呼呼大睡呢，他们认为做得神不知鬼不觉，却还是被人逮了个正着。这两个盗羊贼准备第二天早晨将偷来的牛羊赶出山外，要是晚来一天，他们的牛羊就难找回来了。

十只羊失而复得，夫妻俩喜极而泣，不禁想到给了他们极大帮助的勘探队员。考虑到勘探队第二天一早就会离开这里，所以他们就连夜给我们送来了一只羊。

我们怎么能收下两位乡民的厚礼呢，再三推辞，夫妻俩仍坚持要送，我只得掏出羊款，往中年汉子手中一塞："这是我们地质队铁的纪律，不能白要老乡的东西。两位大哥大嫂，这羊我们买下了，钱你们一定要收下，就算帮我们的忙了！"夫妻俩见我们的态度很坚决，才极不情愿地收下了钱。

夫妻俩走后，我们几人全无睡意。找羊的结局出奇的好，老郑对事情的真相似有所悟，前尺和后尺却缠着我问："我们还以为你是给她瞎指的，推过一时了事，谁知真找着了羊。呃，老兄，你怎么知道羊就藏在那山洞里？"

我不再卖关子,一下把事情的真相端了出来:"在测最后一个点时,因要等后尺赶来和我们一道会合,这时有十多分钟的闲暇时间。此时我不急着收起经纬仪,我伸了伸懒腰,舒展了一下身体,然后凑近经纬仪的镜头,上下左右转动着,从望远镜头中欣赏着这美丽而又奇异的山区自然风光。在镜头中,在这人烟稀少的地方,我居然发现了远处有人赶着羊群移动的景象。当时我并没有在意这是怎么一回事,只是出于勤于练兵提高观测技术的职业习惯,我根据人的身高测算出了羊群距离测站的直线距离大约是六百五十里,再依据方位从地形图上找到了羊群所处的具体位置,是老鹰崖。我在镜头中一直跟踪观察到了羊群被赶进了崖上的山洞。后来那个中年妇女提到我们知道谁家挂有腊肉的事,我这才联想到镜头中看到有人赶羊这码事,想一想确实有问题,黄昏时自家的羊群都是从山上往山下赶,怎么这人却是从山坡下往山上赶羊?所以我才敢向中年妇女指出可以到老鹰崖山洞中去试试的建议。"

众人听后,哗然大笑,然后几只拳头一齐向我擂来:"你小子,真行!瞎猫碰到死老鼠了!"不过,从那次找羊事件后,我们的声名已经远扬，在我们野外工作的几个月内，那地方方圆几十里路内再没有出现过牛羊被窃的事件了，我们也因此饱了许多口福。

假唱有理

张道余

著名女歌星燕歌飞要到蜀阳市来演出的消息一传出，立即轰动了整个小城。刘刚是燕歌飞的铁杆歌迷，他不仅收齐了燕歌飞出的所有歌碟、歌带，家里贴满了燕歌飞的演出照，还将他能搜集到的有关燕歌飞的报道、图片剪贴成了几大本。他虽唱不好歌，但凡是燕歌飞唱过的歌曲，他都能一字不差地哼出来。

燕歌飞表演那天，刘刚兴奋异常，约上了他的朋友李明一道去观看。演出场地设在市体育馆，体育馆外面被歌迷们围得水泄不通，场子里已是人山人海。

燕歌飞刚一出场露面，还未开口演唱，全场已是掌声雷动，欢呼声一片。她首先演唱了一首她的成名曲，她那甜润的歌喉，娴熟的技巧，迷人而富有动感的舞姿，立即征服了全场观众，如潮的掌声一浪盖过一浪。接着演唱了几首她最拿手的流行歌曲，此时观众的热情已被点燃，再加上她煽情的飞吻一个接一个地抛向观众席，全场像是一锅煮沸了的饺子，涌动不息沸腾不已，歌迷们的热情已近疯狂。

燕歌飞唱到兴致高涨时，为迎合观众的口味，随即演唱了一首当地的四川民歌。当《康定情歌》唱到"李家溜溜的大姐，人才溜溜的好哟"时，她干脆走下舞台，要与热爱她的歌迷们做零距离的情感交流。她边唱边走下舞台台阶，由于不熟悉台阶的距离，眼睛又一直盯着歌迷，脚下一不小心，高跟鞋就踩虚了，她稳不住身子跌了下去，手中的无线话筒也摔出去好远。

此时安放在体育馆四周的音箱却仍自顾自继续唱着"张家溜溜的大哥，看上溜溜的她哟"，依旧是她那甜润的歌喉，娴熟的技巧。全场观众顿时傻了，呆了，好一会才省悟过来：

假唱！一跤摔出个假唱！我们心目中的偶像歌星在欺骗我们！全场哗的一下像炸开了锅，口哨声、嘘叫声响成了一片！

刘刚见此情景，肺都气炸了！他气愤地拉起李明的手说："走！跟我退场！"李明劝他："何必认真呢，下面还有精彩的节目嘛！"刘刚气不打一处来："她是在假唱欺骗你，你还说精彩？"李明安慰她："燕歌飞虽说是在假唱，但人总是真的嘛，我们能亲眼看到她的真身，也算不错的了！"

刘刚更加气愤："还有什么看下去的必要？我心目中最崇拜的偶像都在欺骗我们，过去燕歌飞在我心中的美好形象一下灰飞烟灭了，哪还有心情再去看她忸怩作态矫揉造作的拙劣表演？"

李明看劝他不过，只得跟着刘刚提前退了场。

两人走过大街，刘刚说到后街的花鸟市场去看看。李明调侃道，这个时候你还有心情去赏花赏鸟呀？刘刚回答说，听听鸟的天籁之音，总比听虚情假意的假唱强。李明忙附和，是的是的。

两人来到花鸟市场，这里真的是百花齐放，百鸟争鸣。

刘刚被各种小鸟清脆婉转的鸣叫声迷住了,他领着李明进了一家又一家花鸟店。一问价钱,会说话的鹦鹉、鹩哥价钱都很贵,刘刚只能望鸟兴叹。老板向刘刚推荐一种未经驯化的鹦鹉,只要几十元一对,说只要好好调教,用不了多久就能说话。刘刚仍是摇了摇头。

这时店外街边一个瘦猴样的中年男子提着个鸟笼,笼中一对鹦鹉不停地鸣叫声把刘刚吸引住了。他俩赶紧来到瘦猴跟前,只见笼中的鹦鹉上下蹦跳,不停地向围观的人们叫着:"先生好!小姐好!"刘刚和李明都被鹦鹉天真无邪的叫声逗乐了,刘刚有心想买下一只。与瘦猴一番讨价还价后,最后敲定五百元一只。刘刚一摸衣袋,钱不够;问李明,也凑不齐。刘刚瞅瞅李明对瘦猴说:"这只鹦鹉我要了,我身上还差三百元钱,李明你就在这里等着,我去借到钱就回来!"瘦猴忙点头应承:"你去吧去吧,这鹦鹉我一定给你留着!"

不一会,刘刚回来了,见到瘦猴的鹦鹉确实没卖出后,随即向远处打了一个手势,紧接着过来了两个110的巡警。巡警严肃地对瘦猴说:"对不起,你涉嫌欺诈,请跟我们走一趟!"瘦猴顿时像泄了气的皮球,乖乖地跟着巡警向巡警中队走去。

这是怎么一回事？原来，三个月前，刘刚就是在这花鸟市场的街边花高价买了这么一只能说会唱的鹦鹉。刘刚提着鸟笼，一路逗着鹦鹉，鹦鹉乖巧的说话声把刘刚逗得乐呵呵的。可是，渐渐地，鹦鹉的声音愈来愈小，刘刚以为是鹦鹉说累了，说饿了，于是就让它歇歇，吃饱喝足后，可它反而一句话都不说了。他感到奇怪，觉得有问题，就从笼中抓出鹦鹉仔细琢磨，这才发现鹦鹉的右翅下面贴着一个微型播放器，很像音乐贺卡上的放音装置，鹦鹉不说话的原因是播放器上的电池用完了。他气极了，发誓要抓到这个骗子。于是他守株待兔，明察暗访，费尽心力，没想到三个月后这个骗子终于撞到了他的枪口上。

为了做好笔录，警察叫刘刚和李明也一起去到了巡警中队。当警察质问瘦猴为什么要使用这种卑劣的伎俩骗人时，瘦猴昂着头，振振有辞地回答："歌星都能假唱，为什么鹦鹉就不能假唱？"刘刚和李明傻眼了，两警察也被弄得哭笑不得。

乖乖女找了个金龟婿

张道余

王老汉接到在外打工的女儿的来信，乐得合不上嘴。女儿秀英在信上说，她找了一个男朋友，既诚实可靠，又富有殷实。女儿是个孝顺的乖乖女，她每月打工仅两千元工资，还要寄回钱养家。如今女儿找了一个既有钱又可靠的丈夫，这就是说，不仅女儿的终身有了依靠，他王老汉一家也可以借助孝顺的女儿沾上这个金龟婿的光，从今以后过上人人羡慕的好日子。

王老汉是个做事谨慎的人，他认为外面的世界很复杂，女儿幼稚单纯，有些不放心，就与老伴商量，他准备到女儿那里去帮女儿把把关，看看女儿找的男朋友到底是咋样的。老伴也同意他先去探探虚实。

乘了两天两夜的火车，他才来到女儿打工的城市。女儿在一家超市当营业员，今天是特意请了假到车站来接父亲的。王老汉随着女儿一道来到她的住处，见到屋中的摆设，警惕地问："你已和男朋友住到了一起？"秀英说："这有什么嘛，城里人处朋友还不都是这样的？""没结婚就住在了一起，傻女儿呢，要是男朋友把你甩了，吃亏的还不是你自己？"王老汉心下就有些不高兴。他又问："你们这屋子是租的吧？"女儿回答："是租的呀。"王老汉瘪了瘪嘴："怪不得不咋样呢。呃，你说你男朋友那么有钱，为什么不买一套像样的商品房呢，却租上这么一般的房子？我看有问题！"秀英解释道："爸，这你就不了解荣生了吧，他这个人，虽说有钱，但生活照样过得很朴实，不爱摆什么阔气。再说，他一人在外，又没成家，当然是租房来住了！"

王老汉提醒女儿："一个漂亮的姑娘在外闯荡，到处都藏有险山恶水，可得当心被黑心的男人欺骗啊！"女儿解释说，她选择男朋友是很慎重的，首先看的就是人品，其次才是金钱地位。她说徐荣生这个人，品质好，挺会替他人着想。她考察过徐荣生，确实诚实可靠，也真心喜欢她，挺会疼人的，她在他心目中占有重要位置。她告诉父亲，她希望男朋友有钱，但她又最惧怕找上那种一有钱了就找二奶泡小姐满脑子使坏的男人。徐荣生可不是这样的人，徐荣生是一个富了也不会迷失本性的人。他一心一意地爱着自己。跟着这样的男人才会有安全感，才放心。

王老汉还是有些疑虑："徐荣生真的那么有钱吗？"秀英说："爸，我怎么会骗你呢？我亲眼见到的，他有三张银行存折，一共有一百六十八万元，他主动要把存折拿给我保管，你说，我们又没结婚，我怎么好意思接手呢？"听女儿这么一介绍，王老汉悬着的一颗心才稍稍落到了地。

晚上，徐荣生下班回家，见是未来的岳父大人来了，热情地招呼过后，就钻进卫生间洗漱去了。王老汉乍一见到徐荣生，不觉一愣：这人怎么这么老气啊，恐怕比女儿大十多岁吧？又转念一想，年龄不大又怎么成得了百万富翁？看看他穿戴得普普通通、朴朴实实的，给人以实实在在的感觉，这恐怕就是女儿所说的有安全感吧？

徐荣生安排在一家大酒店为王老汉接风。王老汉看着满满一大桌酒菜只有三个人吃，不禁发问："这一桌菜怕要……一百大元吧？"徐荣生笑了笑："不贵不贵，就五百元一席！"王老汉咋了咋舌："嗬，那么贵！够我们农村人吃一年了呢！小徐，你虽说有钱，也要把日子过细点啊！"徐荣生不以为然地说："钱吗，纸嘛，花完了再挣就是了！"王老汉知道这是未来的女婿为表示对岳父的尊重，才舍得这么大方地花钱，算是给足了他面子。他从来没见过这么丰盛这么体面的宴席，又有徐荣生和女儿的劝酒搛菜，也就领情地大嚼了一顿。

王老汉被准女婿安排在附近的一家招待所住了下来。因秀英和荣生都要上班，家中没法开伙，王老汉早饭和午饭都在招待所解决，晚餐才是被荣生叫到餐馆里一起吃。王老汉住得舒服，吃得开心，费用有人付，还不用劳力烦心，他一辈子都没过过这神仙一般的日子，不知不觉就过了一个多月。

王老汉是一个过日子精打细算的人，他知道住招待所的花销大，他是有意耐着性子住下去的。既然秀英找的男朋友这么有钱,他要考验考验荣生,到底会把他这个准岳父放在什么位置。

好日子哪能一人独享,在乡下的老伴知道了这个情况后,趁着农闲,也带着儿子赶来了。徐荣生又给他们在招待所开了一间房,二老同住一间,秀英的哥哥王铁蛋住一间,一家子都享上了秀英和她男朋友的福。

住了一段时间,王铁蛋当着父母的面提出要在"徐哥"的公司里工作的要求,徐荣生面露难色:"我们公司里需要的是高素质的人才,你仅是小学文化,我们又是几人合开的公司,一个人说话做不了主。这样吧,我有一个朋友,开快餐店的,我推荐你去他店里搞外卖,他不会亏待你的!"农村人,只要有事干,哪还有什么好推辞的?王铁蛋爽快地答应了。

又过了一段时间,看看王老汉两老还没有想走的意思,徐荣生与王秀英私下里商量开了:"爸妈他们住在这里,花点儿钱倒没啥,可我每天要用很多时间和精力应酬他们,很影响我的工作;如果光顾上工作这一头,怠慢了两老,又是对他们的不尊敬,我心里又过不去。秀英,我真是两难哪!"王秀英说:"爸妈辛苦了大半辈子,大老远地来一趟不容易,就让他们多玩几天吧！"徐荣生见秀英这么说，也只得顺从地点了点头。

几天后，王秀英在上班时接到医院打来的电话，告知徐荣生突然晕倒后在医院住院。王秀英着急了，匆匆地赶到医院，还没弄清是怎么一回事，就莫名其妙地被医生训了一顿："你这妻子是怎么当的？病人身体那么差，怎么让他一个月卖了三次血？"王秀英被问得张口结舌，满身是嘴也说不清。

等徐荣生苏醒后，王秀英忙问究竟是怎么一回事，徐荣生像没事人似的说道："这有什么嘛，义务献血，是公民应尽的义务嘛！"王秀英知道他以往也献过血，可是一个月之内献上三次血她确实不知情。徐荣生解释道："我这个人的为人，你还不了解呀？看到那些因车祸失血过多的伤者，因难产大出血的产妇，如果不能及时输上血，就可能会失去生命。我作为一个身强力壮的男人，当然不能无动于衷了！"王秀英很为他的献身精神感动，但还是劝告他："你义务献血我不反对，但也要当心自己的身体，以后再不许你经常献血了！"徐荣生"嘿嘿嘿嘿"地直点头称是。

王老汉老两口在城里该吃的吃了，该看的看了，儿子也有了打工挣钱的地方，对这个准女婿也还算满意，他们准备回家了。

临行前，王老汉向徐荣生发话了："荣生，我看你还行，我同意你和秀英的婚事。我们也没啥过高的要求，家里的房子实在破得不行了，铁蛋还要等着新房成亲，你就拿出十万元给我们盖座楼吧！"徐荣生猛听这话，不免一惊："手中虽说有些存款，但那是我们做生意的风险保证金，不好轻易动的。伯父伯母，我们做生意，说盈就盈，说亏就亏，没个定准，随时都得做好两手准备。这样吧，我明天去给老人家想想办法！"王老汉见准女婿这么不爽快，知道他没把自己放在眼里，脸色就难看得能拧出水来。

第二天，王秀英下班回家，一打开门，就发觉不对劲，一股浓烈的农药味直往鼻孔里钻，徐荣生歪倒在地上，口吐白沫，正在痛苦地挣扎着。王秀英吓呆了，弄不清是怎么一回事，她赶紧拨打了120。

徐荣生被救护车送到了医院抢救，王老汉老两口和铁蛋也闻讯赶到了医院。大家都弄不明白，家中日子过得好好的，徐荣生为啥要自杀呀？就是生意上遇上了什么麻烦，甚至亏了本，也不至于这样呀？徐荣生被送进急救室后，医院的费用催收单也到了王秀英的手里。王秀英一数身上的钱不够，救人要紧，她赶紧将家中的钥匙交给铁蛋哥，告诉他家中的存折放在什么地方，嘱咐他拿其中的一张金额最小的去银行取出五万元应急。

徐荣生快餐店的朋友刘老板也到医院里看望他来了。他看过还没脱险的徐荣生，走出急救室后不住地摇头叹息："这是何苦呢？这是何苦呢？"当他从王秀英那里了解到事情的经过后，将她拉到一旁，忍不住直言相告："唉，事情已经到了这个份儿上，作为徐荣生的朋友，我不得不告诉你们一些真相。你们不要再为难他了吧，他哪是什么公司里的经理？他只是一个仓储公司的搬运工！他这个人对人没说的，什么都好，就是太爱面子了，他为这个面子真是活得累！就拿王铁蛋在我这里搞外卖来说吧，全凭卖出盒饭的多少给王铁蛋定工资。他倒好，是他介绍来的，他担心王铁蛋这个未来的舅子挣钱少了自己没面子，就每月拿出两百元钱让我加在王铁蛋的工资里，还叫我要对王铁蛋保密。真是死要面子活受罪啊！"

会是这么一回事？王秀英不相信："他怎么会不是公司经理？那他在银行里存有一大笔钱，是怎么挣来的？"刘老板苦笑道:"这事我清楚,他是为了博得你的欢心,才找人制作的这几张假存单。他说过这存单只是挣挣面子,壮壮胆子,他是不会拿到银行里去的!"

什么?银行存折也会是假的?王秀英这才知道了徐荣生的口头禅"钱吗,纸嘛"的真正含义,原来他所谓银行存单,只不过就是一文不值的几张纸!这么说,他真的被这个害人的面子逼得在卖血?想到这里,她突然意识到了什么,不由惊叫了起来:"糟了!"

等王老汉带着女儿的紧急嘱托,匆匆赶到银行制止铁蛋取款时,王铁蛋已稀里糊涂地被请到了派出所里。唉,这下他们怎么能说得清?

设个套子让你钻

张道余

春节前,王笃诚早早地预订了火车票,及时地乘上了回家的火车。他今年打工比较顺,靠着自己过硬的焊工技术,在一家汽车修理厂谋得了一份薪酬不错的工作,一年下来竟积攒了八万元的结余。临走时,老板再三叮嘱他,过了春节后一定要回来啰,来年还要给他涨工资。可他心里想的是,在外虽说挣得多,可照顾不了家庭,老婆孩子都经常念叨,希望一家人能在一起团团圆圆地过日子。

他准备利用自己的技术,在家乡开一

个汽修门店,自己当老板,挣多挣少都无所谓。他也在电话里征求了有见识有作为的侄儿王睿的意见,王睿说:"你这个打算好呀,我看行,真有个什么,我还可以帮衬着你。"他在火车上闭目沉思时,就已经在憧憬着自己将来当老板的舒心日子了。

火车到达家乡省城的车站,虽说离家还有一百多公里,但一出火车北站,随着拥挤的人流,一股乡音乡情就扑面而来。

还是家乡亲啊,还是家乡好啊,王笃诚不由精神为之一振。此时突然从身后边冒出一个精瘦的小伙子,用手肘碰了他一下,满脸堆笑地问:"嗨,大哥,请问你是哪里人?"

"我是青神人呀。"王笃诚瞟了他一眼,不假思索地回答。

"嗨,巧了,我也是青神人,咱们是老乡呢。"小伙子热情有加地和他亲切地聊起了家常。小伙子自我介绍道,他叫霍仁,也是在外打了一年工,刚下火车要回家去。

走出火车北站广场,王笃诚就要往汽车客运站买回家的车票,霍仁一把拦住了他:"咱俩也算是有缘吧,在火车上我就联系好了,我的一个朋友胡经理来省城办事,我要去搭乘他的顺风车，不如咱们一起去坐胡经理的车，不但快捷省事，还能省几十元的车费呢。"

王笃诚委婉地谢绝："不行不行！我可不是一个爱占便宜的人；再说，我又不认识胡经理，凭什么去搭他的车？"

霍仁轻描淡写地一笑："这算什么事呀？美不美，家乡水；亲不亲，故乡人嘛。咱们也算有缘吧，既是同路，又是家乡人，为什么不能去搭他的车？"

不管霍仁怎么劝说，王笃诚还是不愿去占这个便宜。最后，霍仁拍了拍胸口，断然地说："嗨，哥们，不用你开口求人，胡经理是一个热情爽快的人，他肯定会答应的！这事就包在我身上了！"

争执了一会，王笃诚想了想，毕竟是老乡，恭敬不如从命，也就半推半就答应了下来。

两人边聊边往前走，走到了一条巷口，就见到了胡经理。胡经理大约四十多岁，胖胖的，穿一件皮夹克，手里拿着一个公文包，显得精明能干有魄力。霍仁把王笃诚介绍给了胡经理，并说明他也要和自己一起搭乘他的车。胡经理爽朗地一笑："行行行，都是乡里乡亲的，多一人又不挤，就一齐回去吧！"

他们三人就一起往胡经理停车的地方走去。

走着走着,胡经理的手机响了,他赶紧接起了电话:"唔,唔,啊,太好了!谢谢!谢谢!你可让我可以安心地过一个春节了!"回头喜滋滋地对霍仁说:"大好事!真没想到,一个客户马上要付给我五十万元的货款,我今天走得急,忘带卡了,把你的卡借给我用一下,暂时打在你的卡上,到家后你再转给我。"

霍仁满口应承:"行行行!"说着就去翻找自己随身带的挎包,找了一阵,突然拍了一下脑袋:"哎呀,我真糊涂!忘了!忘了这码事!临上路前担心卡在旅途中被挤掉了,就把卡快递回了家!咱俩都没带卡,这可怎么办?"他转而把眼光投向了王笃诚:"要不,就先借借老乡的卡来用用吧!"

借卡用?这能行吗?王笃诚很犹豫。胡经理也放下了架子求起他来了:"老乡,这没事的,卡用完后,还是交到你的手上,到家后,你将款转给我就是了!我还付你五千元的感谢费,绝不会让你吃亏!"

话都说到这个份儿上了,王笃诚只得拉开了自己的提包,从提包的里层摸出了银行卡交给了胡经理。

胡经理拿着银行卡问:"密码是多少?"

"打款要密码,这不对吧?"王笃诚提出了疑问。

胡经理解释说,一般接收点小额款项,是不要密码。可接收五十万元这么大笔资金,就要输入密码才能打开账户,才能收到来款,这是银行新出的规定。

"你放心吧,我们坐同一辆车,办完事后卡就交到你的手上,到家我拿到我的银行卡后你再把款转给我。说句不怕你哥们生气的话,不是你不放心我,我还担心你有什么意外呢!"

收款要密码,银行会有这新规定?王笃诚将信将疑,犹豫了一会,还是把密码告诉了胡经理。

胡经理将银行卡还给了王笃诚:"卡还是先放你那里吧,到要用时你再拿出来!"王笃诚又将银行卡放回了提包里的原位置。

三人走了一段路,胡经理似有所悟地说:"哦,现在我有一批货在不远的地方,我看你霍仁像瘦猴一样没力气,还是王笃诚壮实一些,老乡能不能帮我一起去搬一下?"

王笃诚本也是一个热情乐于助人的人,见胡经理求人帮忙,也就爽快地答应了。他随身带的行李大大小小几个包,不便携带,就叫霍仁替他看着。

继续走了一小段路,胡经理又接了一个电话后对王笃诚说:"哦,我的一个员工已经在货栈了,我和他一齐搬就行了,这事就不麻烦你了!你回到霍仁那里去吧,等一下我把车开过来接你们。"

王笃诚不紧不慢地走回放包的地方,包在原地放着,守包人霍仁却不见了。他似乎意识到了什么,赶紧打开提包一看,银行卡不翼而飞。这时他不仅没有惊慌失措,反而一阵冷笑,掏出手机打起了电话:"喂,王睿,出来接我吧,让他们白忙活去,我们该回家了!"

王睿却在不远处向他打招呼:"幺叔,把手机放下,往右看,我就在你身旁,一直在暗中替你盯着行李呢!"说话间王睿已来到了王笃诚跟前。

叔侄见面,来不及嘘寒问暖叙家常,王笃诚又一次催促说咱们该回家了,王睿说:"别急,别急,我会用车送你回家的。好戏才开张呢!怎么会不看下去?"

王笃诚不解:"怎么,就为了卡上那十元钱,就要白白地耽误我们回家的时光？"

王睿笑笑："我跟你介绍个人，你就明白了！"

王笃诚这才注意到，王睿的身后还跟着一个中年汉子。

王睿介绍说："他叫李实，是我们同村人，你不太认识。元旦前从外打工回家，下火车出站后，遇到了和你今天经历的几乎一模一样的骗局，他卡上的四万元被骗子刷得个干干净净。我知道他的遭遇后十分气愤，另一方面又担心你回家时再受同样的骗，于是就设计了由你配合演出的今天这场好戏。骗子可以设骗局骗我们，我为什么不可以做个套子让他们钻？可不能便宜了他们！幺叔，你说是不是？"

王笃诚点头称是，但还是有些不解："他们见卡上只有十元钱，难道还会回来找我算账呀？说不定早逃之夭夭了！"

王睿说："他们跑不了，在取款时就被捉住了！"

"这怎么可能？"

"因为那瘦猴一从你身边出现时，李实就认出了此人就是上次骗他的那伙人中的一个，我立即就打电话报了警，不仅公安知道了，银行的保卫部门也撒开网等着这一伙骗子呢。幺叔，等着吧，会有好戏看的！"

三人在路边的一个小茶馆里刚坐了一会，王睿的手机就响起来了，王睿接完电话后对两人说："这不，派出所民警通知我们去指证呢！"

三人来到了派出所，见到了靠墙站着耷拉着脑袋的四个人，李实一眼就认出了其中的两个人就是骗他钱的一伙人，他控制不住自己的情绪，冲上前去一把抓住胡经理就揍，公安干警赶紧上前劝过了他，并安慰他，被骗去的钱这帮家伙会吐出来的。

经李实指认，胡经理和霍仁就是上次出面骗过他卡上钱的人，另外两人虽没出面，其实也是在做着暗中观察、相互联络和适时给胡经理打电话等营生。王笃诚也对骗子们做出了同样的指证。

霍仁取款时落网后，胡经理是寻着钱的路子自投罗网的；另外两人则是民警责令霍仁给他们打电话，说钱到手了，叫他们前来分赃时被捉住的。还有一人闻风逃脱，很可能是坐镇指挥的头领。其实他们哪是什么经理和打工回乡的人，就是一个臭味相投勾结在一起，在火车北站一带专干坑蒙拐骗勾当的诈骗团伙。民警提醒大家，千万别被所谓老乡的甜言蜜语蒙蔽了眼睛,也不要贪占小便宜,出门在外,任何时候都要提高警惕。

从派出所出来,王笃诚和李实一起,坐上了王睿的小汽车,三人高高兴兴回家去了。

一张小竹凳

海清涓

二表姐从行李箱里拉出小竹凳，没好气地扔到一边，"现在城里谁还要这种简陋的小竹凳子，小雪，你在农村支了两年的教，都支成一枚土包子了。"

"二表姐，你听我说，这小竹凳是……"我心疼地捡起小竹凳，思绪一下飞回两年前的深秋……

当时，我不顾父母的反对，刚到罗盘村村小支教，对班上学生的情况一点都不了解。为了尽快熟悉学生的学习环境和家庭环境，每个周末，我都要主动去家访。

一个飘着细雨的周末上午，我刚走进一个离罗盘村村小很远的学生家里。一条大黑狗突然发疯般地冲进院子，怪叫几声后口吐白沫，然后躺在地上一动也不动。

"周大爷，你家大黑这样，应该是中了毒。"一个中年男人对喘着气追过来的黑瘦老头说。

"我今天一天都在家，我没有看见大黑吃什么东西呀，大黑中毒，这可怎么得了。"周大爷蹲下身子，盯着大黑狗，一脸愁容。

"肯定是哪个想吃狗肉了，才会对大黑下毒。"一个中年妇女说。

"毒死的狗，傻儿才自己吃，我猜，多半是想偷偷拿去卖钱。"中年男人回答。

"唉，真是倒霉。"周大爷重重地叹了口气。

"周大爷，别急，你先给狗喂几片仙人掌。"想起小时候听母亲说过仙人掌可以解毒，我便走出去，抱着试一试的心态说。

"陈老表家有一棵仙人掌，我去要几片。"周大爷连忙站起来，往左边的院子跑。

不大一会儿,周大爷就要来了三片新鲜的仙人掌。我让周大爷用菜刀去掉仙人掌的刺和外表硬皮,切碎捣成粥状,用木棍往大黑狗的嘴里抹。

仙人掌就是仙人掌,果然能解毒。一个多小时后,大黑狗苏醒过来,翻肠倒肚吐了许多污物。又过了一个多小时,吃了点东西的大黑狗,开始"汪汪"叫着四处走动了。

几天后,我在办公室批改作业,周大爷到村小来找我。周大爷从大背篓里拿出一张小竹凳:"柳老师,你救了我家大黑的命,我没有什么好感谢你的,这张小板凳是我用后院的竹子编的,虽然值不了多少钱,但是冬天坐着烫脚会很舒服。"

面前的那张小竹凳,青青翠翠,方方正正,泛着淡淡的竹香。看着周大爷手上的几道划痕,我的眼泪差一点涌出眼眶。接过小竹凳,我转过身子,哽咽着说:"好精致的一张小竹凳,我太喜欢了,谢谢周大爷!"

乡村的生活比城里的生活单调,乡村的冬天比城里的冬天来得早,乡村的冬天也比城里的冬天去得晚。在冬天的晚上,手脚长了冻疮的我,还真把周大爷送的小竹凳派上了用场。晚上烫脚,坐在高凳子上,只能单独烫烫脚,而坐在矮矮的小竹凳上，就可以手脚一起烫了。

每次烫完手和脚，那一张小竹凳，便化为一缕春天的阳光，温暖着我那颗年轻孤独的思乡之心。

"小雪，你不但要把小竹凳带回城里，而且还要把它好好珍藏起来，直到永远。"知道了小竹凳的来历，二表姐擦了擦眼睛，轻轻拍了拍我的肩膀。

"嗯，会的，我一定会。"我将手上的小竹凳，轻轻递给二表姐。

二表姐小心翼翼地接过小竹凳，又小心翼翼地把小竹凳放进了行李箱。

一瓶荷叶粉

海清涓

第二个七夕,重庆城一片枯黄。柳萌珂正在家里构思长篇《情到痴处》,突然听到有人敲门。

从防盗门的猫眼里,柳萌珂看到门外站着一个十四五岁的乡下女孩,估计是走亲戚找错了地方。柳萌珂本不想开门,但又不忍心这样冷漠的对待一个女孩。

"妹妹,你找谁。"拉开防盗门,柳萌珂轻轻问女孩。

"我,我找……你一定就是柳姐姐了。"女孩一见柳萌珂又难过又高兴,"我们的语文老师被隐翅虫咬伤了脸在重庆住院，我和另外两个同学来照顾她，爸爸叫我拿两瓶荷叶粉来，一瓶给你，一瓶卖了做回去的路费。"

女孩的话，让柳萌珂莫明其妙抓不住方向。在陌生的重庆城，柳萌珂没有一个亲人，也没有几个朋友。女孩爸爸是谁？为什么要让他女儿给自己送一瓶荷叶粉呢？

"柳姐姐，今年遭遇大旱，我们村里池塘和水田的水全部干了，谷子都没有收成。不过，我们家比村里其他人家损失要小些，因为爸爸把荷叶晒干碾成粉，卖了几百元钱。喝了荷叶粉泡的开水，能清热润肺、解毒消暑，柳姐姐，只要你每天喝一杯，天再热也不会中暑的。"女孩一边说，一边脱鞋子。

看到女孩身上穿着的淡绿色旧连衣裙，柳萌珂一下子想起来了，女孩爸爸是几个月前帮自己搬家的那个瘦棒棒。当时，合租一年多的女室友找了个上海来的男朋友，柳萌珂不愿意当夹心饼干，就自己悄悄在陈家坪租了一套一室一厅的简陋房子。搬家的时候柳萌珂没有通知室友，只随便在街上喊了两个棒棒搬几大包书稿和衣物。

搬完东西，柳萌珂给两个棒棒一人五元力钱，长得胖的棒棒收下钱转身就走了，长得瘦的棒棒迟迟不肯接钱。

柳萌珂以为瘦棒棒嫌少，正准备补一元钱给他。

"美女，我不要你的力钱，给我一条你不要的蓝色旧牛仔裤子，好不好。"瘦棒棒吞吞吐吐地说。

柳萌珂听了有些惊讶，心想，一个大男人，要我的旧牛仔裤，分明就是变态。但是，柳萌珂没有说出来，而是面露愠色地问："你，你为什么要一条蓝色旧牛仔裤？"

"唉！"胖一点的棒棒重重地叹了口气，说出了原因。

瘦棒棒家住在铜梁乡下，妻子有病在身，家里很穷，上初中的女儿庆庆从来没有穿过一件好衣服。他来重庆当棒棒快半年了，说好在庆庆十四岁生日那天给她买一条蓝色牛仔裤回去。最近生意虽然好，可是挣的几百元钱全给妻子买了药，除了生活费和车费几乎所剩无几了。再过几天就是庆庆的十四岁生日，他不知道回去怎么跟庆庆交待。

瘦棒棒的话让柳萌珂鼻子一酸，泪如溪水缓缓流淌起来。为了不让瘦棒棒发现，柳萌珂转过身子说："我有蓝色旧牛仔裤，你等等，我去拿。"

不一会儿，柳萌珂就找了一条半新的蓝色牛仔裤，两双旧平跟皮鞋，两条中袖旧连衣裙，一件短款旧羽绒服。

"哇，庆庆一定会高兴得跳起来。"瘦棒棒接过装衣物的红色塑料袋，看了一下，喜出望外地说。

"这些都是适合中学生穿的。"柳萌珂把五元力钱递给瘦棒棒。

"你给了我这么多穿的，我怎么能收你的钱呢。"瘦棒棒说什么也不肯收。

"好吧。"柳萌珂微笑着收回了钱。

"谢谢！"棒棒临走时用沙哑的声音说了句。

那天天色有点阴暗，加上没有戴眼镜，柳萌珂没看清楚瘦棒棒脸上的表情。

已经过了好几个月，柳萌珂早把这件小得不能再小的事情忘记了。然而，柳萌珂怎么也没有想到，自己一大堆过了时的旧衣物，居然换来了瘦棒棒一家人的真情。

柳萌珂小心翼翼地把那瓶荷叶粉放在茶几上，看到坐在沙发上喝矿泉水的庆庆，柳萌珂的心里涌出了一股浓浓的暖意。真是好难得,在这个物欲横溢的商业社会,这种发自肺腑的真情义,让柳萌珂又重新认识了生活。忘记别人的伤害,铭记别人的帮助,这样才会分分秒秒、永永远远快乐坦然。

吃过午饭,柳萌珂把庆庆送回医院,到银行领了准备出书的全部稿费,然后坐公交车去了市抗旱办公室。

撬折耳根

海清涓

快 5 点半了，波波和学学还没有回家。

问了几个同村的孩子，都说没看见波波和学学。曾奶奶打电话问孙老师，孙老师先咳嗽了几声，然后说 4 点钟一放学，波波和学学就匆匆离开学校了。孙老师是城里退休的高级教师，回老家曾家村在村小义务教书。孙老师这个人什么都好，就是喜欢抽烟。

这可怎么办，波波和学学到哪里去了呢，曾奶奶只得叫回在山上干活的曾爷爷。他们正准备分头去找时，村里有人说看见兄弟俩往小溪那边走了。

曾爷爷和曾奶奶沿着小溪一路寻找，终于在曾家村的小溪尾段，发现了两排孩子的脚印和两个小吃空袋子。

"波波，学学，你们在哪里？"曾爷爷焦急地喊着两个孙子的名字。

没有人回复，回答曾爷爷的是山谷空空的回音。

曾奶奶看了一眼脚下哗哗流淌的溪水，不安地说："他们，是不是下溪里洗冷水澡了？"

这两个娃儿，波波十岁，学学七岁。一个上三年级，一个上一年级。唉，曾爷爷不由吓出一身冷汗，前几天溪里才淹死了一个偷偷洗冷水澡的男孩子。

"大人在城里辛苦打工，每月按时寄钱回来，要是娃儿有个三长两短，我这个当奶奶的，怎么说得清楚哟！"曾奶奶坐在地上，一把鼻涕一把眼泪哭开了。

"没得那么倒霉，你莫往坏的方面想。"曾爷爷在溪边四下查看了一会儿，没有发现什么异常情况，便拉起曾奶奶继续往前走。

天黑的时候，曾爷爷和曾奶奶终于在小溪尽头发现了两个小小的身影。

"爷爷，奶奶，你们怎么来了？"走在前面的学学，惊得手中的镰刀都掉到地上了。

"你们干什么去了，害得我们到处找？波波你是哥哥，怎么带着弟弟乱跑？"曾爷爷将波波手中的镰刀扔在地上，扬起巴掌怒吼。

"我们，我们……"学学吓得一下躲到了波波的身后。

"我们撬折耳根去了。"波波说着，小心翼翼地举起手上的两个塑料袋子。一股野生折耳根的清香扑鼻而来。

"撬折耳根？你们撬折耳根干什么？你们不是不喜欢吃折耳根的吗？我用折耳根炒肉丝，炒鸡蛋，你们都说臭得很，怪难吃的吗？"曾奶奶打开一个塑料袋子，一脸不解。

朦胧的月光下，塑料袋子里用稻草捆起的折耳根，一捆挨一捆，整整齐齐，干干净净，像浓缩版的甘蔗。绿中带紫的叶子间，零星开着白色的四瓣小花，白生生的嫩茎一小节一小节，细细长长的黄色根须像镶的金边，看了就让人喜欢。

"奶奶，我们撬折耳根是为了给孙老师治病。"波波擦了擦额上的汗，喘着气说。

"治病？折耳根能治什么病？孙老师比我还小了七八岁，他能有什么病？"曾爷爷放下了巴掌，奇怪地问。

"孙老师最近咳得厉害。班上有个同学说孙老师的咳病，用折耳根泡水喝了，就会慢慢好。下课时同学们商量，放了学大家都去撬折耳根。这样孙老师咳病好了，就会留下来教我们读书，就不会回城里住院治疗了。"波波看着折耳根，解释道。

"哥哥说小溪边折耳根多，放学后就带我来小溪边撬折耳根了。"学学不再害怕，上前大声说。

"先回家吃晚饭，明天我用锄头去帮你们挖折耳根。"曾爷爷接过学学手上的塑料袋子，大步朝前走。

曾奶奶补充说："明天我也去挖折耳根，多挖点，洗干净，阴干收起来，让孙老师一年四季都有折耳根水喝。"

"哦耶！"波波和学学笑着击起了掌。

荷花开，不下田

海清涓

清清亮亮的荷田，绵绵密密的荷叶，曼曼亭亭的荷花。让初次到荷香村度暑假的肖宇浩，大饱了眼福和鼻福。

沿着田埂小跑了一分钟，肖宇浩在一块蜻蜓最多的荷田边停下了步子。

"趁着没人，干脆到荷田里游个泳。"肖宇浩脱去外套，准备往荷田里跳。

"不准下荷田！"一个清脆的声音在肖宇浩背后响起。

"你干什么的，吓了我一跳。"转身

看到一个和自己差不多高的黑瘦少年，肖宇浩没好气地问。

"你别管我是干什么，我只是来告诉你，荷田不能洗澡。"少年扬了扬手上的文件袋。

"哦，这荷田是你家的？那，那我换一块荷田游泳。"肖宇浩不以为然地走向旁边的一块荷田。

"这块荷田还是不能洗澡。"少年追过来。

"这块也是你家的？"肖宇浩悻悻地问。

"不是，但是，你不能下去！"少年说。

"不是你家的，你凭什么管我？"肖宇浩不高兴了。

"荷田里有泥鳅，要咬脚。"少年想了想，小声说。

"我听说过蚂蟥钻脚板心，还从来没有听说过泥鳅咬脚。你撒个谎都不像，让开！"肖宇浩说着，把双手往后扬起，准备往荷田里跳。

"你不准下荷田。"少年把文件袋夹在腋下，伸手挡住肖宇浩，用眼睛示意他向左边看。

左边的田埂上有一块木牌子，牌子上赫然写着六个字：荷花开，不下田。

"荷花谢了,天都冷了,谁还有兴趣下田。"肖宇浩撇撇嘴,"你给我让开!"

"不让,荷田是荷香村的致富田。"

"游一会儿泳,就影响致富了?小样儿!"想到二表姐周小末是荷香村的大学生村官,肖宇浩有些不以为然,"让不让?你让不让?"

"不让,我不让。"少年很固执。

"你,找打……"肖宇浩冷不防给了少年一拳。

"噗通……"少年掉进荷田,成了落汤鸡。

"你把我借的中考英语资料打湿了。"少年从荷田里爬起来,捡起破了的文件袋,难过地说。

"活该!"

"你赔我的英语资料。"

"我不赔!"

少年跳上田埂,对准肖宇浩就是一拳。

肖宇浩一闪身躲开,一脚踢飞少年手上的文件袋。

"你赔!"

"不赔!"

"赔！"

"不赔！"

肖宇浩和少年在田埂上越吵越凶，眼看就要打起来了。

"浩浩，李加志，你们怎么吵架了？"哼着小曲儿走来的周小末，连忙上前劝架。

"二姐……"

"周文书……"

肖宇浩和李加志（少年）同时松开拳头。

李加志捡起文件袋，低着头走了。

"浩浩，你这个样子，哪像来乡村体验生活的准高中生。"周小末沉着脸数落。

"是他不对，他不准我下荷田游泳。"肖宇浩穿上衣服，愤愤地说。

"李加志是好心。"

"他是好心？"

周小末点点头，说出了缘由。

去年暑假的一天，上初一的李加志独自到荷田游泳，在深水区捉泥鳅时腿抽筋被水淹了。幸运的是，路过的大人救起了李加志。为了避免男孩子夏天戏水发生意外，村委会就在荷田边立下了"荷花开，不下田"的警示牌子。

望着李加志消失在荷田间的背影，肖宇浩小声说："幸好，我没把中考资料卖掉。"

马蜂窝

海清涓

坐在门口抽烟的赵大爷,盯着坝子边上的大桉树,骂了一句:"总有一天,老子要灭了你。"

赵大爷骂的不是大桉树,而是大桉树上的那个马蜂窝。

马蜂窝筑在大桉树上有好几年了。从杯口大到碗口大,从碗口大到篮球大,再到脸盆大。越来越大的马蜂窝,成了赵大爷的一块心病。赵大爷对马蜂窝的恨,可以说已经深到了骨子里。去年夏天,儿子建设和同村的春梅相亲,春梅妈说桉树上的马蜂窝对着正大门不吉利,害得好好的一桩亲事告吹。

赵大爷想过很多办法消灭马蜂窝,用一大堆半干的柴烟熏过、用一根长长的竹竿绑草烧过、借村里最长的木梯背农药喷过,可是都没有用,马蜂窝纹丝不动,马蜂们照样时常飞进飞出。

有人建议赵大爷,干脆在下雨天把马蜂窝捅掉算了。赵大爷无数次想过要捅马蜂窝,可是最后还是没敢捅。谁知道脸盆大的马蜂窝里面,到底藏了多少只马蜂,捅得不好会送命的。前不久,一个中年电工到村里检修电线,爬到大桉树上修剪树枝,不幸被上百只马蜂围攻,身上被蜇满了蜂包,到现在还住在医院里。

赵大爷奈何不了马蜂窝,只能在闲的时候骂上几句解解恨。

"哈哈……""咯咯……"随着一阵男女声二重笑,大半年不见的春梅和一个小伙子出现在坝子里。看他们亲热的样子,小伙子应该是春梅的男朋友。春梅家在小河边,赵大爷的坝子是她回家的必经之路。

"马蜂窝,好大的马蜂窝。"走到大桉树下,小伙子惊讶地大叫起来。

"小声点,别惊动了马蜂。"春梅小声说。

"遵命。"小伙子笑着放下手中的行李,掏出手机对着马蜂窝拍起了照。

春梅站在一边,瞟了赵大爷一眼,有些尴尬。赵大爷把椅子转了个方向,假装没有看到他们。

"春梅,这个是小田吧。"春梅妈赶来,笑着提起地上的行李。

春梅点了点头。

"阿姨好。"小田很有礼貌的说。

"小田早。"春梅妈扫了赵大爷一眼,对着小田嘀咕了几句。

"明白了,我们马上走。"小田看了看马蜂窝,又看了看赵大爷,快步跟着春梅母女向前走。

走到转角处,春梅妈回头不客气地瞪了赵大爷一眼。当然,赵大爷也不客气地回瞪了春梅妈一眼。

自从春梅和建设成了陌路,赵大爷和春梅妈就没有说过一句话。

上个月春梅家的鸭子吃了赵大爷田里的小秧，赵大爷硬是追到春梅家中打死了三只肥母鸭，两家人为此吵了个昏天黑地。如果不是有人赶来劝架，他们会打起来的。

赵大爷猜得出春梅妈想说的话是"姓赵的，你又歪又恶，恶人有恶报，早晚有一天大桉树上的马蜂要飞下来蜇你，蜇不死你也要让你脱层皮"。

马蜂可没长眼睛，蜇死姓赵的，还是蜇死姓陈的，只有老天爷才知道。赵大爷吐了口烟圈，在心里说了一句。

过了几天，赵大爷赶场回来，发现坝子里到处是桉树叶，大桉树上的马蜂窝不见了。

"出了什么事，马蜂窝呢？"赵大爷问低头扫桉树叶的赵大娘。

"好事，马蜂窝被消灭了。"赵大娘抬起头来。

"谁有这么大本事，趁我赶场卖一背花生的功夫，就把马蜂窝消灭了？"赵大爷奇怪地问。

"还能有谁，消防队呀。"赵大娘笑嘻嘻地说。

"消防队？他们，他们收了你多少钱？"赵大爷摸了摸上衣口袋里的钱，一脸紧张。

"看你那个财样子，人家没收我一分钱，连水都没有喝一口。"赵大娘没好气地说。

"消防队在城里,他们怎么知道我们这乡旮旯里有马蜂窝?"赵大爷又问。

"听说给消防队打电话的,是一个姓田的小伙子。"赵大娘走过来,贴着赵大爷的耳朵说。

"是小田,居然是小田?"那一瞬间,赵大爷百感交集。

免费艺术照

海清涓

卖完一背土鸭蛋,陈素容准备到客运中心坐车回家。一个年轻女孩发给她一张彩色传单:"阿姨,我们影楼搞活动,免费拍照。"

"照倒是想照,可是我老公到外地打工去了,我一个人怎么照呀?"陈素容接过传单,看到四十岁以上的夫妻拍婚纱艺术照,送四张照片加一袋大米,不觉有些心动。

女孩眼珠一转,口吐莲花:"阿姨,免费拍照,机会好难得哟!老公不在家,你可以找个耍得好的姐妹打组合。当然，你们是各拍各的，拍单纯的艺术照比拍婚纱照更能体现新农村现代女性的价值和美丽。"

陈素容正犹豫，同村进城卖折耳根的田秀梅走了过来。二人一合计，觉得打组合挺划算，便跟女孩来到位于一家小区二楼的影楼。店主是一对东北来的小夫妻，老板娘热情地记下她们的姓名和手机。女孩指导陈素容换上抹胸长裙，熟练地给她化起了妆。田秀梅由另一个女孩服务。

化好妆，女孩给陈素容扣耳环，戴项链，披婚纱。"哇，好漂亮！这是不是我哟？我都认不到我自己了。"看到镜子里焕然一新、如花似玉的大美人，陈素容突然有种想哭的冲动。活到四十二岁，陈素容从来没有这样光鲜过，从来没有这样漂亮过。

在摄影棚里，老板用东北话教陈素容摆出各种姿势。不到一小时的时间，换了三套服装，拍了三十多张照片，陈素容觉得，今天是她一生中最快乐、最幸福的一天。排队在电脑上选照片的时候，陈素容发现张张照片效果都好，不知道该选哪几张了。

"小兄弟，我不要大米，可不可以多给我洗几张照片？"陈素容问坐在电脑前负责选制照片的东北小伙子。

"照得这么好，当然可以多洗了。不过，我们只送你两张，多洗的照片每张你要付十元钱。"小伙子笑得一脸灿烂。

"这张好，这张也好，这张还是好。"陈素容认真选起了照片。田秀梅在一边用手拍她的肩，她也不理。

"前面的，选快点，我们还在等选照片。"排在后面的人不满地说了一句。

"拍艺术照也不容易，阿姨，张张都漂亮，我建议你全部洗出来留纪念。"小伙子趁机劝起了陈素容。

"要得，给我把这些照片都洗出来。"陈素容一咬牙，把照片全部选了。

两个大镜框，一本精美相册，三十六张照片，一共五百二十元钱。陈素容的土鸭蛋只卖了两百多元，还跟田秀梅借了三百元，才凑够了洗照片的钱。

"说好免费的，你倒好，大方得很，一下全给选了。"坐在回乡下的车上，只选了五张照片（有两张免费）的田秀梅说。

"难得照一回，不洗出来太可惜了。"想到一个星期后，就可以取回那些漂亮照片，陈素容沉浸在喜悦中。

田秀梅有些气愤："我看，影楼完全是骗人，他们根本就是变着方式骗我们这些乡下留守女人的钱。"

"花钱买了这么多的照片，买了这么多的漂亮，我愿意。就当栽秧季节，我家的大灰鸭被关在后阳沟，半年没生过蛋。你呀，舍不得花钱多洗照片，还说人家是骗子。"陈素容不高兴了。

"唉，不是我说你，你洗照片的钱，用来请人栽大秧子都够了。"田秀梅叹息着说。

"又不是不还你的钱，你心痛啥子。今年我不晓得辛苦点，自己栽大秧子呀。"陈素容得意地把头扭向窗边。

车窗外，大大小小的水田里，秧苗绿油油的煞是可爱。

在尘寰

黑崖力上